# 我与星际小孩

陈永清 著

贵州出版集团
贵州人民出版社

**图书在版编目（CIP）数据**

我与星际小孩 / 陈永清著 . -- 贵阳 : 贵州人民出
版社 , 2022.11
ISBN 978-7-221-17374-4

Ⅰ . ①我… Ⅱ . ①陈… Ⅲ . ①游记 – 作品集 – 中国 –
当代 Ⅳ . ① I267.4

中国版本图书馆 CIP 数据核字 (2022) 第 200648 号

## 我与星际小孩

陈永清 / 著

| | |
|---|---|
| 选题策划 | 象泽文化 |
| 责任编辑 | 唐露 |
| 特约编辑 | 沈可成 |
| 封面设计 | 与众设计 |

| | |
|---|---|
| 出　　版 | 贵州出版集团　贵州人民出版社 |
| 地　　址 | 贵州省贵阳市观山湖区会展东路 SOHO 公寓 A 座 |
| 邮　　编 | 550081 |
| 电　　话 | 0851-86820345 |
| 网　　址 | http: //www.gzpg.com.cn |
| 印　　刷 | 大厂回族自治县德诚印务有限公司 |
| 经　　销 | 新华书店 |
| 开　　本 | 880 毫米 ×1230 毫米　1/32　9.5 印张 |
| 版　　次 | 2022 年 11 月第 1 版　2022 年 11 月第 1 次印刷 |
| I S B N | 978-7-221-17374-4 |
| 定　　价 | 68.00 元 |

## 关于作者

陈永清，一位开心的作家，国家二级心理咨询师。自古从不缺书，缺的是能通过文字的流淌带领人们去到开心，认可接纳自己，对自己感觉好的作家。

过去十几年作者投身职场，担任职业经理人，在房地产领域取得过许多骄人的成绩，创办过自己的幼儿园、品牌连锁酒店等商业项目。职场生涯后期，开始主修心理学、禅舞与太极。至此，开启探寻心灵，唤醒内在力量的蜕变之旅。

《嘘！你是无限的》是作者的第一本著作，之后创作灵感便喷涌而出，在短短的时间里奇迹般地完成了第二本著作《我与星际小孩》。主人翁千寻是作者的儿子，在他孕育之初，作者全面结束职场及个人商业生涯，全身心地参与到孕育一个新生命成长的全过程。带着满满的爱，感受生命每一天的成长与变化，收获了无数个不可思议的奇迹与惊喜。

时值迪士尼热映电影《心灵奇旅》放映之际，本书创作完成，并与《心灵奇旅》所传达的宗旨高度契合。生命是一趟盛大的旅程，每一个全新的一天，每一个全新的当下都是旅程的重要组成部分。喜悦与满足就在旅程当中，藏于每一天每一个当下里。生命的火花不在未来的某个结果里。如果把生命的喜悦与满足固执地质押在对未来某一天某一个结果的期待、期盼和追逐中，便错失了每一天每一个当下的精彩与美妙。

# 生命使用说明书

按时间轴的划分，这是一部最新的作品，所以放在最前端第一时间和读者朋友们见面也是合情合理的。

著作完成，第一遍校稿结束时，我与先生迫不及待地观看了正在上映的电影——《心灵奇旅》。去的那天，寒风凛冽，但我俩依旧热情高涨，为了不错过接有有姐姐放学的时间，进场时电影已经放映到了一半，然而这丝毫不影响电影带给我的震撼与共鸣。

电影的主创说："虽然地球上的每一个人天赋秉性都各不相同，但人类都在追求相似的东西，那就是，是什么让生活变得更有价值更具意义？"基于这样的创作灵感，《心灵奇旅》试图演绎人生的终极意义，并挑战我们头脑中根深蒂固的信念系统和思想。

当我看着男主人翁躺在病床上，被22号灵魂穿越进入身体，而他的灵魂进入了猫的身体，互换体验时，感到他的生命像施了魔法般地鲜活起来。那是一种活在全新的生命里，对一切感到兴奋、好奇、喜悦、好玩；那是一种不执着于某一个结果、某一个目的地，必须达到某一个结果，某一个目的地；那是让自己全然开心喜悦地活在当下，让生命流经每一个体验，是流经，对，是生命之流流经自己。身体的主人，怀着极大的对生命的热忱和渴望、兴奋与好奇，去感受每一个流经他的生命体验。

那里没有什么是大事情，什么是小事情，那里只有生命的流经，只有灵魂透过身体去体验，只有他此生真正喜欢的是什么，他想体验的是什么。当他俏皮地躺在马路边的排风口时，丝毫没有嫌弃那是排风口，嫌弃地面有多脏，他俏皮得像个孩子，像一个顽童，感受着风穿过他的后背往上冒，他开心得想打滚。当他坐在台阶上仰望天空，看着阳光穿过树枝、透过树叶洒满人间，他感受到了极大的滋养，仿佛他与那片天空、与摇曳的树叶完美地融合在了一起，他们化身成一个整体，彼此深度地连接着，完全是一体的。他脸上浮现了喜悦，惊讶而和平的笑容，心里乐开了花。就在这时，树上落下一颗小小的无名果实，旋转着飞舞飘落，他简直看呆了，如此曼妙，大自然每时每刻都在馈赠新鲜的生命礼物，他完全捕捉到了，完全收到了。忍不住地，他伸出手接住了那颗无名果实，用爱的眼神凝视着、欣赏着大自然的完美杰作，仿若珍宝。

他惊呆了，开始反思，为什么他在自己的身体里时从来欣赏不到这些事物的美，总是失落、麻木与不如意。旧有惯性思想的教导和灌输使很多人都误认为这是在浪费生命，在他的灵魂住在自己身体里的时候，他也是这样认为。是的，他也是这样认为的。早已对一切都习以为常了，甚至麻木了，错失了每一天，每一个全新的当下，他觉得这是无比平凡的人生，根本不值得一提。只有实现了自己的愿望，完成心中期待的演出，才是他人生中的大事情。历经千辛万苦之后，他得到了也达成了，可是却并没有品尝到想象中的那种满足与喜悦，在极其短暂地开心了一下后，立即就掉入了下一个追逐，并且是永无止境的追逐中，很多时候并不知道接下来应该做什么，追逐什么，怎么开心，怎么快乐。那种怅然若失的样子，像极了每次达成目标、获得短暂开心喜悦后，很快就觉得生活平淡无奇、暗淡无光的我们。

然而神奇的是，当22号的灵魂阴差阳错地进入到他的身体时，他惊呆了，原来习以为常的一切，习以为常的平淡人生是那么鲜活，那么精彩，每时每刻都充满着不可思议的光彩，是他一直在忽略在错过，原来每时每刻都是全新的，绽放着绚丽夺目的光芒，处处充满了乐趣与兴奋。

我已经喜极而泣了，热泪盈眶。电影里，是22

号的灵魂穿越进了他的身体来体验生命的流经。而我无数次地透过千寻宝宝的鲜活与对生命的极度热忱与渴望，似乎能穿越到他的身体里感受生命，似乎我能够透过一双婴儿宝宝的眼睛去看待生命是如何流经的，透过宝宝的心灵去感受生命是如何被看见被使用的。

我真的看到每一天都那么的新鲜，我深深地知晓我是完美的，完整的，值得的，每一天的我都是全新的。也深深地知晓每个人也都是完美的，完整的，值得的，每一天、每一个人都是全新的。我看到新生宝宝降临到这个地球，是给地球的礼物，而我和每个人降临到这个地球上，同样也是给地球的礼物。我喜欢我自己，我热爱我自己，这份爱，我就毫无保留地散发出去，散发到我周围的人、事、物里，因此，我投射出去的都是爱的光芒，是对人生的欣喜，兴奋，热忱和渴望。

一切似乎都闪耀着一层绚丽多彩的光芒，于是，在一棵树的摇曳中就能够欣赏到叶子在舞蹈；在微风吹拂小草的摆动中，能够清晰地看到万物在当下欢庆生命；在雨水洒向大地中，能感受到雨水对大地的浸润以及大地对雨的祝福；在绿荫下能够感受到树叶透过遮挡阳光给人间带来凉爽；在飘雪中能够感知到洁白的雪花净化着这里的空气；在食物中能够感受到每一种食物都散发着独特的味道，总是无条件地滋养着我们的身体。

在千寻宝宝那里只有全新的每一天，只有全新的每一个当下，所以他总是很开心，总是很兴奋，总是很鲜活，总是很喜悦，总是很满足。

所有行为都浓缩在一句话里，他是百分之百地在欢庆生命的每一天。

# 自序

自古以来从不缺书，缺的是能带给人们开心，让人们高度认可接纳自己，对自我感觉良好，同时，教会大家拿回内在强大力量的书。本书便是很好的启迪和指引。

书中主要描写了千寻宝宝一岁前后的成长故事。一岁以前他成为环球路上最小的婴儿，第一次出行发生在千寻宝宝出生四十六天的时候，全家长途飞行到达南太平洋的明珠——斐济，体验了那里的风土人情；出生六十天的时候，全家到达了曼谷；四个月，千寻宝宝最远的足迹到达了地球最北边——北冰洋，躺过人间仙境贝加尔湖那厚厚的冰层；九个半月，千寻宝宝来到了东方的瑞士——喀纳斯，在那里除了欣赏到了绝美的景象，还遇到了新疆突发疫情导致游客被隔离；十一个月，与妈妈和姥姥三代同行穿越了滇藏，感受身心合一的别样感受。以及妈妈如何轻而易举地养育他，同时旅行在路上的无数奇迹与故事，在我第一本著作《嘘！你是无限的》中有详尽记载。

本书重点描写了千寻宝宝一岁以后发生在他身上的无数个精彩有趣的瞬间，妈妈轻而易举且有乐趣地养育着他，构成了无数幅生动、活泼、有趣、真实、简单的画面，并传递给新时代的妈妈们：每个妈妈百分之百都是顶尖的育儿高手，养娃无须焦虑，轻松育儿，人人都能活成辣妈。

同时，透过千寻宝宝纯净的心灵，不，更确切地说，是透过每一个来到这颗美丽的星球来到身体里的宝宝，折射出生命的真相。成年人往往被旧有的惯性思想所灌输，完全覆盖了生命初始状态所拥有的开心、快乐、好奇的本能，活在焦虑、焦躁、恐惧、压力之下。然而，生命的真相与意义并非如此，本书透过一篇篇文章向你揭示，无论今天你年龄多大，你依然闪耀着内在本就拥有的纯净与光芒。透过一个个生动的短篇，逐步清理覆盖在你光芒之外的限制和束缚，照见那个本就精彩、完美、独特而闪耀的你。

# 目 录

成为

一个眼里有光

心中有爱

嘴角上扬的人

这样

平凡的日子

也闪烁着璀璨光芒

# 与众不同

你从来不缺书，也许缺一个开心喜悦的作者。透过本书传递出每个人无论他是谁，出生在哪个国家，性别是什么，年龄多大，有怎样的肤色，他都拥有内在强大的不可思议的创造力量。看到一个巨大的事实和真相，那便是看到自己本就完整、完美、独特、闪耀。

相信本书讲到的很多方面，也许是你以前在其他地方没有办法接触到、没有听到过的内容；也许你内心深处和这些认同自性、认同生命神圣本能的做法有了很大的共鸣，而你在现实生活中没有采取这样的方法，或者说你的方法与这个是截然不同的。无论怎样，也请你先接纳自己的做法，允许自己的做法，不要去评判自己，对抗攻击自己，就去看到一个伟大的真相，那便是，每一个人他真的已经做了他能力范围内最好的行为，无论是在养育子女上，还是在情感当中，还是在事业中等等。

人生的方方面面你都已经做了你能力范围内最大最好的决定和行动，所以，接纳自己，允许自己，认可自己，不对抗自己很重要。然后再去看，这本书里所倡导的方式方法，以及轻而易举养育千寻宝宝的成长经历，哦，它给我呈现了另外一种不同的人生，不同的亲子关系互动模式，在这份不同里，我是否能够捕捉到一些更大的突破和可能性呢？请相信，当你做好准备了的时候，这些可能性在你的亲子关系里就会生根发芽，开花结果，带给你意想不到的惊喜与奇迹。

这一点是我想让大家能够领悟到的，而不是说，这个方法就一定是好的，一定是行的；那个方法就一定是错误的，一定是不行；归根结底，这里面重要的核心就是，每一个人每一个孩子每个生命都是独一无二的，独特的，精彩的，完美的，他真的真的就像每个人的指纹一样，那么独特，那么专属，那么独一无二。所以，对于每一个如此精彩、如此与众不同的孩子，没有一个定律或法门是适用于所有孩子的，这是一种妄想。所以我一直倡导、一直想引领大家的是，看到你的独特，看到你家宝宝的独特，并且跟随你内心的好感觉和指引去对待你的宝宝，这个就是最适合你，最适合你宝宝的亲子关系互动模式。

核心是，在做这一切的时候，要带着满满的爱，带着你的心，用爱用心去做，你就知晓一切该怎么做。在爱里，你们就会是享受彼此的，关系就是滋养的；在怨恨、指责、试图改造、评判、否认里，你们就是消耗彼此的，关系是混乱糟糕的，也一定是不享受的。也不单单是亲子关系，各种关系皆如此。

一旦你接纳、允许、认可、不对抗、不攻击自己，接纳、允许、不对抗宝宝，看见真实的自己、看见真实的宝宝的时候，你就已经处在良好的情绪和良好的感觉里了，立即你就能感受到那种舒服的感觉和平和的感觉。

我知道旧有的惯性思想里也许会赋予接纳、允许、认可为纵容，把它贴上一个"纵容"的标签，可是我想说，真相和事实是，每一个人无论他是谁，无论他在哪个国家、哪个地方，是什么角色，受生命本能的驱使，他一定会在那个当下做出最好的决定，行为和所说的话，这是一定的，所以，不存在纵容。

当你能够领悟到这个核心点的时候，你就会知晓并明白，这是对生命本能的一种臣服和敬畏。你臣服于生命内在节律的伟大与神圣，你根本没有必要和自己过不去，和孩子过不去，也根本没有必要把情绪、对抗、指责、抱怨、不开心的感觉带给自己和孩子。你完全可以带给自己接纳、允许、不指责、不对抗，让自己活在和平、喜悦、感觉好的舒服状态里。

你看到的是一种完全不同的亲子互动模式和养育方式，它展示给你的就是一种不同，所以当你能够放下对自己的评判和对不同方式的评判的时候，你就是敞开的，那这种不同就会给你一个清晰的指引和方向。也许在你准备好了的时候展现给你呈现给你那份不同，那份轻松，那份美妙的美好的亲子互动模式。那里充满了爱、喜悦、连接、滋养与享受。

# 灵感穿越

这本书和其他书不同，请你尽可能多地重复阅读它，因为，每当你阅读它的时候，无论是哪一篇，你都会收获到无形的巨大力量支持你，持续不断地嘉许你，给你正向的确认，美好的确认，积极的确认。这份确认会让你感受到你是一个精彩的人，你是被爱包围着的，你是生活在美好当中的。当你能感到自己是一个精彩的美好的人，你被爱包围，被美好包围时，你才能越来越多地在生活中看到这些实相。就好像你在自己的心田种满了美好、精彩、闪烁的种子，它会生根发芽、开花结果，这些实相会深深地滋养充盈你的生命。

很多时候我写作不是出于头脑的思想和信念去想去琢磨如何写，写什么，某种程度上，它是一种灵感穿越，就是那份灵感穿越了我来呈现这本书。所以书中传递的并非知识，并非古老的信念思想，它传递的是我们每个人与生俱来都拥有的智慧和知晓，所以，我建议你多读它。同时，最关键的，当你在情绪低落的时候，被负面思想困扰牵制的时候，你更需要阅读它，不管你阅读的是哪个篇章，它都会给你强而有力的能量注入，帮你立即清理负面思想的困扰，让你看到你就是一个多么独特的人，多么独一无二的人，多么精彩的人，多么完美的人。你有独一无二的指纹，你本身就是与众不同的。

那份强大而神秘的力量，你内在的神圣的智慧会驱使你成为你自己，成为一个精彩的、独一无二的、完美的、绽放的、值得的、配得上的你自己。

# 梦

千寻宝宝还没有出生的时候，孕期的我经常会做一个梦。梦里，他告诉我，他是一位星际小孩，在他选择我做他的妈妈之前，他存活于浩瀚无垠的宇宙当中。那个时候，他是一份无形无相的生命能量存在，是一种无所不知无所不晓的能量存在，他并没有身体，只是作为纯粹的宇宙能量意识存活着。他告诉我，他在地球这颗美丽的星球上曾经生活过很多世，在不同世里，也体验过很多不同的身体和不同的生命角色，直到每一份生命角色体验完整，他的物理身体死亡。

然而，他告诉我，每一个人物理身体的死亡并不代表这个人就真正地消失了。他说，真正的他，也就是每个人真正的源头是那份永恒不变的宇宙能量意识，那份生命存有，是那份浩瀚无垠宏大无边的能量，是那份能量在创造着宇宙万物并供养着宇宙万物。那份能量存活于宇宙的万事万物之中，那份能量它存活于太阳当中，它也存活于月球当中，它存活于地球当中，它也在每个人的体内流淌，同样也在树木花草、动物植物、山川湖泊、小溪大海中存活，那份能量流经万事万物。

真的不可思议，梦里宝贝用他柔软稚嫩的小手轻抚着我的脸庞，就是这样告诉我的。我并未感到丝毫的紧张或恐惧，听着他清晰的诉说，我的眼里流露出欣喜兴奋的光芒，像是获得了开启生命之光智慧之门的钥匙。他说，那份生命能量会选择进入不同的身体、不同的家庭、不同的国籍、不同的父母、不同的兄弟姐妹来体验在身体里的感受。因为他进入身体之前，是仅作为生命能量存在于浩瀚无垠的宇宙当中的，那个时候，他只能是一份存在，一份知晓，他无法拥有身体的所有感官，无法拥有眼、耳、鼻、舌、声、意，无法去感知事物，无法通过触摸和感受去感知事物带来的感觉是怎样的，无法和万事万物建立感官上的连接。所以通常会选择借助进入身体去体验精彩美妙的感觉。并且这份体验并不是永久的，在身体里存活七十年、八十年或者一百年，之后呢，就会放弃这个身体，也是物理身体死亡的过程，回归生命能量源头的状态。它也可能继续选择作为新生婴儿进入新的身体重新孕育出生并再次体验拥有身体的生命旅程，也可能不再选择，这都取决于那个能量存在本身是否想继续体验。

他用稚嫩的小手抚摸着我的脸，眼睛闪耀着纯净的光芒，温柔地凝视着我，他和我说，妈妈，你知道吗，为什么我想选择你当我的妈妈？因为我喜欢你开心的样子，我喜欢开心的妈妈，因为生命本身就是开心喜悦与美好的，我想与一个开心的生命体验亲子关系。同时，我也会把我更多的、满满的、无条件的爱给我的妈妈，让她每时每刻感受到生命的美好、纯真、喜悦、满足、享受。我想让她看到，我也想透过她让更多人看到，在身体里活着，拥有身体的感官体验是多么值得、多么精彩、多么美妙的事情。

每一个人，他的真实身份，他的真实本源都是那份强大的生命能量存有，所以，此生拥有的那个身体，也是他们的选择，而在那个身体里让自己开心，好玩，有乐趣，享受五感，是来到地球拥有身体最最重要的事情。妈妈，我想跟你说，在地球这颗美丽的星球上，很多大智慧的人，已经说破了一个真相和秘密，那就是，每一个孩子都是来引领父母成长和提升生命维度的，我也知道妈妈你知道这个真相，通过拥有有有姐姐的时候你就开始成长自己，让自己活得越来越开心，越来越绽放，越来越喜悦；我是多么多么开心看见你活成了如此开心、喜悦、绽放的美丽的人儿，所以，我好喜欢你，我选择你做我的妈妈。

我也会践行这样的使命——孩子的到来是引领父母成长的，那我引领的方式就是，我选择作为一个新生的婴儿宝宝来到你的生命当中，让你点点滴滴地去感受我，感受一个生命的初始状态。你感受到的并不是我，你感受到的是你自己，你感受到我那么完美，那么完整，那么喜悦，那么可爱，那么令人怦然心动，你感受到的统统都是你自己，感受到的就是你自己也是那样的完美，那样的完整，那样的喜悦，那样的可爱，那样的令人怦然心动，那样的笑容绽放，那样的眼神闪烁，那样的活在当下，那样的全新，那样的新鲜，那样的充满爱。妈妈，你看到的并不是我，你看到的是内在的你。

在每一天与你的相处中，我也在尽最大的可能去给你展示生命的初始状态是怎样的，是怎样过好每一个全新的一天，每分每秒，每一刻当下的。你在我早上起床睁眼的那一刻，看到我如此的喜悦，如此的绽放，开心得已经开始唱歌了，那就是我在活出生命的初始状态本该有的样子。我知道你收到了这份巨大的礼物，你看，现在你也是这样做的，你早上起床，你都由衷地赞叹，哇，这是全新的一天，我是全新的人，多么美好的一天，我喜欢这阳光，喜欢窗外的鸟叫，喜欢屋里的整洁和温馨，你都忍不住在脸上挂满了笑容。你看，我在吃到食物的时候，我与食物之间建立了那么美好的连接，我是那么地满足，那么地赞赏食物，那么地享受食物，我嘴里不禁发出"嗯～嗯～嗯～嗯啊～嗯啊"的声音。妈妈，我看到你也做到了，你在吃食物的时候，你也是那么地赞赏、欣赏、感恩食物给你的贡献，来滋养你的身体，来供养你的身体。

我在搂住你的脖子，亲吻你脸庞的时候，给你满满的爱的时候，你也收到了，你会把你内在本就拥有的源源不断的爱，无条件地给予我，我都感受到了，我浑身的细胞都处在爱中，处在幸福雀跃中。

我光脚踩在大地上、沙堆里，感受脚踩地面的感觉、与沙子接触的感觉，感受手埋在沙堆里的感觉，感受阳光洒在沙堆上温热的感觉，我绽放出了甜美喜悦的笑容，你就静静地看着我。阳光穿过你的发梢，将它染成了橙金色，哇，你美丽极了，时间仿佛都为我俩静止了片刻。我知道，我那对生命美好、满足、喜悦、享受的感觉，你完完全全收到了，我真的好开心，真的好为你开心。

我在与你的每一个眼神互动中，看到了你的美好，你的完整，同时，给你发送了祝福、爱、感恩与欣赏，我知道你完完全全收到了。因为在你回流给我的眼神里，我都看到了这些，我都感受到了这些，那里充满了浓烈的爱，无不透露着对我的接纳、欣赏、允许以及你的喜悦与美好。这是强大的爱的共振和对彼此的嘉许与支持。

妈妈，我知道地球这颗美丽的星球上至今仍然存在着很多的苦难，很多的不如意，你争我抢，甚至是最黑暗的战争杀戮，等等。我知道是那些生命遗忘了自己作为源头生命能量存有的那个本真所致。所以，当他们能够忆起来他们的真实身份的时候，他们就只会去感受生命，享受生命，享受美好，活出爱，给予爱，并且是主动选择待在美好与爱里，而不是在黑暗、匮乏和恐惧里。

所以，妈妈，我知道你做好准备了，我想透过你，透过你忆起你的真实身份，那份因生命源头的能量存在而活出绽放的、精彩的、不可思议的你自己，来展现给更多的已经准备好了朝向爱的家人们，让他们看到自己真实的样子，尽可能让更多的人忆起自己就是源头生命能量，这个伟大、神圣而强大的真相。

妈妈，我太幸福了，遇到你我真的好满足，好喜悦，我好爱你，我知道我们会做得越来越好，越来越棒。永远记住，你是完美的，你是精彩的，你是完整的，你是独一无二的，谢谢你，我好爱你。

梦中醒来，我感受到了不可思议的美好与喜悦。阳光穿过洁白的纱帘洒在床单上，我感到极度的温暖，仿佛那是一种重生。梦里的每一个细节，每一句话，他的每一个笑容，每一个眼神，每一个微笑，每一个凝视，我都记得那么清晰，我都在那里收获到了满满的无条件的爱与深深的感动。也收获到了我与生命源头存有的那份连接，那份无形的强大的力量。

我知道生命的真相和意义，以及我与千寻宝宝的互动，似乎是带着一种使命感的，所以，更加珍惜我与他相处的点点滴滴，也更加珍惜我生命中的每一天每一刻，每一分每一秒。

亲爱的读者朋友们，无论你今天多大岁数，余生都是你生命里的第一天，你都是全新的人，你完全可以活成你想要的样子，而选择把过去的苦难、内疚与悔恨放下。是的，我就是这样做的。

同时，我也经常告诉自己，如果今天是生命的最后一天，我会怎么做呢？答案是很清晰的，我只会用我满满的热忱，满腔的心血去百分之百地投入到我拥有的生命里，拥有的每分每秒里。那个就很神奇，不关乎你在做什么，你都会极致地去享受，极致地去拥有。

这就是千寻宝宝告诉我的，那是什么，那是爱，是每个人，万事万物都流淌着的那份爱，都拥有的那份爱，在流经，在共舞，这真的是一份极大的极致的美好、喜悦与满足。我可以活成这个样子，而你与我并没有什么不同，我有的你都有，我相信每一个人，只要他想，都可以完完全全活出千寻宝宝梦里告诉我的你们想要的样子。

---

真正的我们是谁，是那份无形无相的宇宙生命能量，如果你要问那个无形无相的生命源头能量是什么，要怎样解释呢？因为我们并没有信仰宗教，而上帝他也只是一个虚拟的称号或存在，借用《爱因斯坦传》一书中的原话来描述，或许你更容易理解和捕捉生命背后的真相和真理。记者采访爱因斯坦的信仰时，他说："宇宙定律中显示出一种精神——这种精神远远超越人类头脑所能触及的想象，在它面前，我们必定会感到谦卑，宇宙能够为我们所理解，并且大到星系、星体，小到昆虫、微生物，万物无不服从着定律，这一事实让我们感到深深的敬畏。

# 专注

坐在客厅的爬行垫上，我专注地看着千寻宝宝玩玩具，姥姥递过来一小根去过肉的鸡翅骨头，对于现在的千寻宝宝，他还不能直接品尝鸡翅或者是上面的鸡肉，吮吸鸡翅骨头上残留的味道是不错的选择。

千寻宝宝紧紧地拿在手里，津津有味地吮吸，第一次接触这么个新鲜的东西，既能吃还能玩，他开心极了。我坐在他身边默默地陪着他，专注地看着他，感受着他的专注，那份专注里溢满了兴奋、开心与享受。

他的神情里写满了专注，是超越一切的专注，于是立即我就有了这篇《专注》，透过宝宝的专注，能联想到的词还有"用心""当下""全然"，带上这些，他每分每秒收获到的都是满满的深深的满足和滋养，尽管他并没有吃到鲜嫩美味的鸡肉。

就这样看着欣赏着，仿佛一个强而有力的声音穿越来到我耳边，说，孩子对事物的专注、用心、当下、全然的程度，我们每个成年人也可以做到，或者说我们本就拥有。因为我们每个人就是从婴儿走过来的，这种内在本能的拥有依然存在于我们的内心深处，只是随着年岁的增长，我们被旧有的惯性思想灌输，慢慢就覆盖了那份专注，那份当下的感觉，那份用心的体验，那份全然的连接。取而代之的是停不下来的头脑思想与追逐，吃一顿饭都在侃侃而谈中，哪怕只是吃一碗面也要忙不停地刷手机，就是这样完完全全地活在了头脑的思想和比较里，并未真正地、与面前呈现的事物用心连接。以至于很难品尝到孩子们的那份兴奋、开心、喜悦和满足。

但好在只是被覆盖，内心深处我们依然拥有孩子获得开心、快乐、满足、滋养的本领，就是放下头脑思想中的评判和对比，回到当下，用心地专注地和眼前呈现的事物连接，真正地看见它们，享受它们，与它们在一起。可以是一个水果，一朵花，一杯茶，一顿晚餐，一阵微风，一个爱人，一个孩子，一个工作，一场电影，一笔钱，一片云彩，一个建筑，一场表演，不管此刻呈现的是什么，只要我们是带着爱与专注，用心与全然，我向你保证，你的心就是享受的，你的心就会感觉到无比的开心，无比的喜悦，并伴随着一份深深的满足。

前提一定是让自己来到当下，不是去到过去或未来，当下意味着全新，全新意味着没有过去，过去的所有发生只存在于你头脑的记忆里。记忆是什么？记忆是一种虚幻的画面，并不存在于当下，当下那里是一个清空了的全新空间，像白纸一样，是空白，在等待着每个人来填入自己想要的体验，除非你想再次体验过去发生的苦难和挣扎，否则，为什么我们不放入开心、快乐、喜悦、爱和专注呢？无论填入的是什么，都是我们在创造，亲自为自己创造。

我无数次地观察千寻宝宝，或者其他孩子们，他们与成年人最大的区别就是，第一，他们永远都活在当下，专注于当下呈现在自己面前的事物里，全然投入，用心参与，当他们这样做的时候，他们就百分之百地活在当下，并在当下的每个发生里收获到了开心、喜悦与满足。第二，他们那里没有过去，他们不会把过去的发生从头脑的思想记忆里搬到当下，搬到现实，这个真的真的很重要。他们清晰地知道，全新的当下是新的、空的，为什么我不让自己全然地投入去享受这个当下呢，为什么我要错失这个美妙的当下呢，为什么我不用美好与喜悦填满呢，为什么我要把过去的已经发生的感受搬到当下呢，不，我要活出当下的全新，我要在全新里创造，我只能在全新里创造，这是我此生来到地球拥有身体要做的最兴奋、最重要的事。事实上，当下就是每个人的生命所在之地，错过当下，便错失了当下的生命。

必须给我们的孩子们点赞，他们活出了人生最高的境界，没有过去，只有当下。而当下也是一个接着一个的持续不断的连续体。千寻宝宝全然地享受了鸡翅骨头十来分钟以后，主动地放下了这个体验，转身投入到了他另外一个玩具里。

这又是体现孩子们高明智慧的地方，专注极致地体验好此刻所拥有的所呈现的，体验圆满后就会主动放下，转身去到下一个事物的体验中。也就是说，他没有过去，他只负责在当下的全新里，去和玩具玩。他牢牢地抓住了核心及重点，"当下""全新""空无"，他要为自己填入什么，当然是开心、喜悦、兴奋和满足。没有人天生喜欢悲伤和负面，只有当你遗忘了偏离了全新的当下，头脑的思想就会指使你去到对过去的评判和比较里，认为以前的更好，或者别人拥有的更好，就是在这种评判和比较里，我们错失了一个又一个全新的当下，把自己带到了不开心不满足和痛苦中。

我眼前突然跳出一个清晰的画面，过去就像是那一炷香烧过了的部分，已经化为一堆灰烬，正在燃烧的部分就是我们每个人所拥有的当下，是那么的鲜活、新鲜和全新，这个才是真实的，才是最重要的。所以，放下过去，专注地活好全新的当下，我们就能忆起内在本就拥有开心喜悦的本真，收获孩童般的喜悦与满足。

## 投射即创造

还差一天千寻宝宝就一周岁了，他暂时还不会说话，想学说话了，音腔明显开始变得多样起来。他学走路有一阵子，走得越来越好、越来越稳了，我们两只手扶住他，他哧溜哧溜地往前窜，一只手扶住他，他便颤颤巍巍地往前迈。

中午，我俩漫步在园区里，并没有太多的语言交流，更多的是用心感受我与他在一起的感觉。他的脚步不自觉地变得轻盈缓慢，看到好奇的东西会专注地定睛观赏，我也跟随他的节奏感受他的那份宁静、专注与投入。不可思议，就在这些过程里，我瞬间便收获到了那份强大的和平、美好而宁静的感觉。

这份好感觉牵引着我们来到了园区儿童游乐区的滑梯，滑道并不长，两三米的样子，我把千寻宝宝抱到滑道的上端，见他扶好坐稳了，表情看上去是很轻松愉悦的，我就决定在滑道底端接他，张开双臂迎接他，望向他的那一刻，我是温柔坚定的。此刻他也正盯着我看，我拍拍手示意他滑下来，坚定的眼神里传递给他的全是满满的爱和力量，传达着他很安全，他可以做得到的信任和力量。这中间没有一句语言，没有说：宝贝，不要怕；宝贝，你是最勇敢的；你是男子汉之类的。我意识到，那一刻我给他的爱与信任、肯定与认可已经足够了，我的双臂足够有力，可以在他滑到底部时接住他，我的眼神传达给他的是，你很安全，你可以做到。所以，我俩之间，爱与信任，肯定与认可透过眼神清晰地在表达着传递着，他也百分之百确切地感受到了。几秒钟的时间里，他都在坚定地望向我，突然嘴角开始上扬，表情也变得轻松愉悦，示意他做好准备了，接着就滑了下来，不到一秒钟的时间，我就稳稳地接住了他。他开始大笑，格外兴奋与满足，一股强大的喜悦感笼罩着我俩。

这是很小的一个细节，生活中特别常见，我拿出来分享是想说，宝贝做到了，值得鼓掌嘉许；假使宝宝这一次暂时没有做到，他也不应该被指责、被否定、被评判和被比较。每一个孩子的体验是不一样的，是独一无二的，是与众不同的，每个阶段他想尝试的体验也是不一样的，取决于他是否做好准备了，当他做好准备的时候，他会发挥到最佳状态。所以作为抚养者，我们给孩子多一些信任，多一些允许，多一些肯定，而少一些比较，少一些评判，少一些指责，少一些追赶，给予他信任和爱的力量，当他做好准备的那一刻，他就会让你看到他的强大与不可思议，并带给你惊喜。作为抚养者，他最亲近的人，要时刻觉察我们传递投射给宝宝的是什么，婴儿宝宝是一个全新的生命存在，就像一张白纸，在他幼小的心灵深处，你就是他最大的权威，你所传递投射给他的，他都会照单全收，并日后发展成为你传递投射所匹配的样子，这个非常关键。

你传递的是，宝贝，你可以，你做得很好，他就会发展出这样的一面；你传递的是，你做得太糟糕了，怎么搞的，你总是做不好，连这么小的事情都做不好，你不如谁谁谁做得好等等，他就会发展出这样的一面。

　　所以，时刻觉察我们投射给孩子的是什么，投射即创造，投射了正向积极，就是给孩子幼小的心灵植入了"我行我可以"的内核，久而久之，他会发展出相应的无畏、勇敢、自信的生命状态，随着他慢慢长大，他应对他的世界表现的就是无畏、勇敢和自信。

　　而投射了否定和消极，也同样是在孩子幼小的心灵植入了否定消极的种子，随着时间的增长，养育者如果没有觉察，那就会日积月累，每一次的投射都在倍增放大这份否定和消极，在给否定消极的种子浇水施肥，久而久之，孩子会发展出相应的"我不行，我不能，我做不到，我不够好，我做得不如别人好"的思想，他的思想就是他日后应对他的世界的表现，那就是退缩、自我否定、消极、胆怯、不自信。

# 第一个生日

没有 Party，没有鲜花，没有气球，有的只是简单、简朴而纯真，却收获了意想不到的满足与幸福。

驱车五百公里，全家一起兴高采烈地来到姥姥姥爷家，看望姥姥姥爷，同时庆祝千寻宝宝迎来第一个生日。姥姥姥爷家住在固始县城一个城乡结合部的乡镇，乡村气息浓厚，蛙虫鸟鸣此起彼伏，乡镇坐落在长长的河道边上，河水清澈流淌，岸边树木林立，河边随处都是日出与日落的最佳观赏点，整个河道视野宽阔。姥姥姥爷家的院子正对着河岸，曲径通幽，宁静惬意，宽广自如。

听说我们要来，姥爷万分欣喜，我们到达时已是晚上八点半，他还在忙着炒菜。家里早已打扫得干净整洁，一进院子我便被这种温暖和爱包围，深感幸福自在。

次日迎来千寻宝宝的第一个生日，姥爷在院子里放了一万响的鞭炮，满院子充满红红火火、喜气洋洋的气氛，更像全家围坐着过年的感觉。千寻宝宝兴奋异常，从未见过姥爷手里那么长的鞭炮，红红的长长的一串，拽着我的手追着一圈圈的鞭炮绕着弯地连走带跑，啊啊啊地欢呼尖叫。一旁的有有姐姐，还有表哥沉浸在他俩欢声笑语的欢乐世界中，院子俨然成了一个天然的户外游乐场。姥爷看着外孙外孙女开心地玩耍，感受着人丁兴旺的天伦之喜，满足的笑容溢满脸庞，散发着醉人的光芒。不争的事实是，有孩子在的地方永远都是最欢乐的天堂，宝宝的纯净、开心、喜悦、兴奋、激情、活力会把那里的一切都染上七彩的光芒，人们也会被这种能量传染，情不自禁地产生喜悦、美好、幸福的感觉。

姥姥从早晨开始忙着在厨房张罗全家的午餐，一顿丰盛美味的佳肴在隆隆的炮竹声后摆上餐桌，久香的陈酿早已入杯，先生陪着姥爷开怀对饮。蛋糕上的烛火调皮地舞动闪烁着独特的光芒，幽香的菜肴伴着生日歌的韵律飘散四周，千寻宝宝盯着一桌的美食和蛋糕，止不住地吧嗒嘴巴，挨个想品尝，苦于很多食物都不在他的消化范围内，也只能浅尝辄止。宝宝的胃很容易满足，吃一些能吃的，就满足地自顾自地玩起玩具来。

爆竹声中一岁除，春风送暖入屠苏。简单、朴素、纯真、温馨、有爱的生日，给家里增添了浓浓的节日气氛，幸福的感觉深入心田，我们拥有的实在太多，在哪里都深感被无条件的爱笼罩。

想起蒋勋老师的一段视频，大致是这样说的，在一个自助餐厅，我看到人们常常好纠结，就好像拿着一个盘子在说，哪一种我还没有吃到。如果人生常常问，哪一个我还没有拥有，这是非常局限、狭窄、匮乏的，因为你永远不可能什么都有。我曾在卢浮宫做了四年导游，一个朋友带着两个孩子来参观，当然前往的机票很贵，他很想在短短的几天时间填鸭式地给孩子填进很多卢浮宫的美学教育，然后他总是在问两个孩子，哪一幅画还没看到，我听了好难过好难过。我和他说，我在卢浮宫已经四年了，很多画我还没有看到。我的意思是想说，总是说我得到了什么，或者说我拥有了什么的满足和幸福，与我还有什么东西没有得到的那个不满足和不幸福，是两种截然不同的人生态度。

然而，孩子的境界是要更超脱于以上所有的，他是天天都如此快乐，就像今天过生日一样快乐，并且他确保自己活在全新的一天，活出生命的初始状态，那便是开心，喜悦，兴奋，好奇，好玩，有乐趣，似乎这些才是他此生的使命。

千寻宝宝完全就是这样活的。我也意识到，生活中的一切都是关乎自己想让自己成为什么样，这绝对是可选的，并且选择权、决定权永远在每个人自己手里。所以，我对自己的要求和使命也是，活好每一个全新的一天，让自己永远开心、喜悦、兴奋与好奇。

## 最好的风水

刚睡着一会儿，隔壁邻居家的狗不知何故一阵狂叫，就这样千寻宝宝醒了，我试图哄他继续入睡，试了几下不成功，便放下了这个想法，抱着他来到一楼院子里玩耍，这是刚刚发生的一幕。

有时候，宝贝睡得正香，可能赶上有有姐姐进屋拿东西，动静大了点儿吵醒他了；有时候，宝贝睡得正香，可能姥姥进屋和我说话，说话声吵醒他了；有时候，宝贝睡得正香，可能被送快递的门铃声吵醒；有时候，宝贝睡得正香，可能被表哥的大笑声吵醒；有时候，宝贝睡得正香，可能被自己的梦惊醒，等等。

在婴儿宝宝的成长里会有很多这样的"有时候"发生，对于此类的突发情形，相信大家一定都不陌生，可以罗列出整页整页的"有时候"。

重点来了，这么多"有时候"的突发情况来临时，我们要做的是什么？

相信人们更习惯于，指责有有姐姐动静太大，又把弟弟吵醒了，有有姐姐挨骂后感到很不开心，很受冷落，觉得自己一点也不重要，全家都围着弟弟转；抱怨姥姥，说话太大声，又把宝宝吵醒了，姥姥也觉得很不开心，免费帮忙照顾家事还不落一句好，积怨产生。

然而，这绝非唯一的做法，如果你仔细去觉察会不难发现，他们只是习惯这样做，并不能解决什么问题，反而给自己带来了很多情绪和消耗，导致不开心不快乐，很可能还会因此口角不断。有有姐姐会说大人偏心更爱弟弟；姥姥会说孩子们大了嫌弃老人；表哥会委屈地说，我开心也妨碍你们了；仅有那只狗狗会任凭你说，不回嘴半句，可是在你指责抱怨它的那一刻，你也着实把负面的情绪完全地带给了自己。你看，矛盾就是这样产生的，不但没解决，反而升级了，使得气氛紧张。《嘘！你是无限的》这本书中的很多篇章都讲了，孩子的感知力超级敏锐，越小的婴儿更甚，别看他还不会说话，但紧张的气氛他早已有所感知，他也会随着这股情绪的升起产生焦躁不安或哭闹难哄的状况。

而我重点想推荐分享的是第二种方法，我视它为一个情绪转换的工具，非常管用。也请大家不要轻易相信我说了什么，而要在自己的生活中去试去使用。当你去使用的时候，你立即会看到效果，这个时候你会生发你内在的力量，你会觉得自己很棒，而不是试图改造控制所有外在环境，那是一种无法达到的妄想。这个方法和工具就是，看见已发生的事实，不去对抗，接纳允许已发生的事实，对，就是这么简单，轻而易举可以实现。

有时候，宝贝睡得正香，有有姐姐进屋拿东西，可能动静大了点吵醒他了；有时候，宝贝睡得正香，姥姥进屋和我说话，可能说话声吵醒他了；有时候，宝贝睡得正香，可能被送快递的门铃声吵醒；有时候，宝贝睡得正香，可能被表哥的大笑声吵醒。种种类似的发生，继续哄睡不成功，我会说，好的，我接纳这个已经发生了的事实，此刻宝宝不想睡了那就起来继续做他想做的，可能是出去玩，可能是在家玩玩具。根本不用担心，下一个阶段，他玩累了，困了自然就会选择睡觉。

　　你看，因为你先接纳了事实，所以没有产生情绪和对抗，你的内在很和平，孩子也感知到了你的和平，你没有为此消耗任何精力，只是自然而然地去到下一个发生里，我称此为"顺流"，你去到了顺流里。家里也一团和气与和平，而和平能给人们带来非常舒服的感觉，那就是一个家庭最好的风水。

## 孩童时期安全感的建立

随着宝宝的长大，他的身体越来越硬朗，体形也变得更大了。在陪伴他的过程中，我总是给千寻宝宝很多抚摸，抚摸是无声的爱的连接与传递。孩子喜欢这个，可以肯定的是每个孩子都喜欢这个，他们能清晰明确地感受到来自爸爸妈妈真真实实温暖如春的爱与接纳、欣赏和肯定。

正如脍炙人口的儿童歌谣里唱的一样：爸爸妈妈，如果你们爱我，就多多抱抱我；如果你们爱我，就多多亲亲我。没有固定的模式，他要站着还是坐着、平躺还是趴着，视情况随时连接随时给予。

有时候是他想睡觉了，我双手抱着他，他放松地趴在我的肩头，我一只手就在他的背上、头上、屁股上、腿上、脚上，上下蠕动式地抚摸，他感到很舒服，特别的放松，特别的安全，他会悉数接收这份强大的无条件的爱，将其扎根心底，这正是塑造他幼小心灵安全感的来源。事实上，此刻我是完全停止头脑思想的，只确保从我的心底发送出满满的无条件的爱，伴随着我内在的好感觉给予他温柔的抚摸，我也被自己给出的爱深深滋养着。有句话说的是，我给予等同我接受，完全就是这样的感觉。而神奇的是，当我还来不及想我的动作要怎么做的时候，手就像施了魔法一般会完全自如地指引我去向哪里，它知道怎样的抚摸是最佳的最舒服的。

　　还有的时候是在他躺下以后，可以是睡着了，也可以是没睡着，可以是平躺着，也可以是趴着，随意都可以，不取决于他具体是哪种躺下的姿势。此刻妈妈的平静专注和爱的流淌很重要，因为宝宝能敏锐地感知到，妈妈是和平的，是安全的，是充满爱的，是有爱的，他喜欢这种和平、喜悦、有爱的感觉。可以放一些轻缓的音乐，妈妈也并排躺着，整个手掌放在他的后背上（如果是趴躺的话），划圈式地抚摸后背，再顺着后背往下抚摸整条腿，再往下抚摸脚跟、脚掌、脚心，再换另一条腿重复。不由自主地你会越来越娴熟，会自然而然地从手掌式抚摸变换到手背式划圈抚摸，这又是完完全全不同的感受，你会发现手背是个完全被忽略的部位，它很少会接触到这份爱的流淌和滋养，会感觉到一种全新的前所未有的沁人心脾的温暖。继续扩大你给出抚摸的变换手势，可以是从手掌变换到手背再变换到胳膊，划圈式地抚摸，你会更加自如。手掌、手背、胳膊相互变换着进行，它们完全游刃有余，相互交替着非常默契地游走于宝贝的身体之间，这个时候的宝宝完完全全沉浸在妈妈给予的巨大的无条件的爱中，你们彼此会非常默契，非常连接，他可能很快睡着了，也可能只是躺在那里安静地感受，他感受到了"爱、温暖、被接纳"，这份"爱、温暖、被接纳"是铸就我们每个人孩童时期内在力量的建立和安全感形成的强大内核，非常重要。

　　亲子关系也因此打造得坚实稳固，亲密而和谐。整个过程，妈妈更是由此扩张了自己身体层面感受爱、给予爱的能力。

　　爱，只有当我们感受到的时候，我们才会真正懂得如何给予，并且给出的是那份纯粹的无私的无条件的爱，这是成就一段美妙关系的核心，并且这份爱拥有强大的疗愈能力。否则，我们给出的都是狭窄的爱，这份爱是打着爱的名义的控制、不接纳和想改造对方，那里没有亲密与和谐，更谈不上滋养与享受，并极大可能是使关系走向毁灭的开端。

## 你所赋予的孩子形象都将被你体验

与往日不同，今天的千寻宝宝午睡用了很长时间也没有进入深度睡眠，也许是和表哥还有大姨玩得太兴奋了，也许是邻家的狗偶尔叫唤几声，也许是楼下厨房的动静声音有点儿大，到底哪个造成的原因不详。事实是他今天睡得不踏实，一会儿醒了，一会儿又睡了，再过一小会儿又醒了。

这真的需要妈妈的耐心与允许，我很理解他肯定也很想好好地睡一大觉。耐心不足够时，家长可能指责他一顿，他哭闹着委屈地睡去。不算完，大人的愤怒和情绪也都随之被带出来了，还会冠以这孩子真难哄睡、真缠人的标签在亲近的家人之间扩散，亲人们逐渐开始附和认同这个贴上的标签。耐心足够时，家长就可以做到接纳事实，只去允许他，知道这不代表什么，只是偶尔一次没好好入睡而已，很快就放下了。接纳允许在先，因此并不会给自己带来情绪和愤怒，该干吗就干吗，根本不存在标签，也不存在孩子难缠的说法。

标签是人赋予的，而难缠显然是个负向的标签，往往负向的标签都伴随着大量的情绪和对抗在里面，孩子的感知能力极其敏锐，他完全捕捉到了这份紧张恐惧的能量，在他幼小的心里就会给自己贴上这样的标签，开始慢慢地认为自己是一个不好的孩子，是一个难缠的孩子，是一个不能让妈妈开心的孩子。而妈妈是他生命里主要的客体投射对象，随着时间的推移，他的标签会越贴越多，不好好睡觉，不好好吃饭，坐着也不老实，毛手毛脚，大喊大叫，总给大人添麻烦，等等，进而他发展出了标签所示的样子———一个恐惧的、害怕的、难缠的、爱哭闹的孩子。与此同时，抚养者也越发地受牵制，在孩子达不到家长的心理预期表现时，会有更多的愤怒，并在这种局面里循环往复。

正因如此，我很觉察标签的方向，极其慎重地使用标签，也只是正向积极的标签。我深知，在孩子幼小的阶段，抚养者就是他生命里最大的权威，有绝对的扎根他幼小心灵的话语权，能不使用标签就不使用，他会长成他本该成为的样子。如果要使用，确保是引导到正向积极的那一面，例如，他很爱笑，他很好带，他很会吃饭，他睡眠很好，他很活泼，他很健硕，他体质很棒，他总是给人们带来很多的欢笑，等等。在我心里没有丝毫夸大，他确实就是这么好这么棒。我对他的欣赏与肯定也并非虚情假意地停留在语言符号层面，而是完全由心而发，我内心就是这样感觉的，这样看待的，我把那个真实的情感传递出来。孩子的感知能力极其敏锐，他完全接收到了这份接纳、允许、欣赏的能量，在他幼小的心里也会给自己贴上这样的标签，他认为他很好，他很棒，他对自己的感觉非常好，他非常满意他自己，同样的，对外他就不停地投射他很好、他很棒、他对自己感觉很好的那些面相。

## 你"没有"是不可能创造你"有"的

2020 年，国庆遇上中秋，双节同庆，格外热闹。家乡有一部分人仍然保持着初一、十五烧香的习俗，随着时代的进步与发展，这一习俗越来越被淡忘，大家更多地享受在自己的小天地里乐得自在，我也认同这是更好的现象，与其把力量交给那炷香，倒不如交给自己更自由更真实。

双节过后第二天，农历八月十六，我依旧苏醒在清晨的幽静与鸟儿们的欢唱中，感觉格外好。清晨的那份宁静、悠然、清爽、轻盈，像巨大的虚空弥散在整个村庄的每一个空气分子中，旁边是宽阔的河道和茂密的树林，更增添了清新与清爽，处处给人温暖、有爱、舒服、滋养的感觉，带着一种祥和、幸福、满足、宁静的色彩。

早餐有妈妈做的手工素包子、红薯稀饭、咸菜，每一口吃下去都是简朴的满足和喜悦，千寻宝宝也吃得特别欢快，不时发出极致赞叹的声音，可爱极了。

饭后想散步，我俩就往南走，道路两旁是庄稼地、小树林和宽宽的河道，路上几乎就只有我俩，偶尔也会有车辆穿行身旁。千寻宝宝安静地四处张望，我也很安静，怀里抱着他，走着路，静静地聆听大自然的各种鸟叫，仿佛有种忽入"桃花源"的感觉。我确信陶渊明的桃花源就深藏于每个人的心中，等待着人们去唤醒并看见。此起彼伏的叫声中最为明显的是画眉的叫，声音清透明亮，从路这边瞬间穿越到路那边高耸的枝头中它的同伴那里，同伴收到叫声后又第一时间欢快地回传过去，来来回回，交相辉映。你完全能感受到它俩的喜悦和欢快，在全情地欢庆生命又迎来了全新的一天，不禁让人心生美好，像极了两个开心的孩子正在热闹地玩游戏，欢笑声荡漾天空。

继续走，走到了路的一景——人脸树。这棵颇具神奇色彩的大树从我儿时记事起就很传奇，实际上它就是一棵普通的槐树，只是树身长了一个大大鼓起的鼓包，被人们形容像人脸，所以命名人脸树，并赋予其神性的色彩，开始对树烧香祭拜，也有很多慕名而来的人，只为祈求人脸树赐予他们平安、健康、财富、情感、事业等等。

我多年没有来过，记忆仍停留在小时候，突然来到这里，特别想看看现在的人脸树，刚好遇到正在跪拜的人们，我停下来，耐心地等着他们把香烧完，磕完头离开后再过去。过去时，只见像小山丘般堆砌的香灰上还飘散着青烟，未燃尽的香火仍然泛着红光，这里多了两个修葺极为简易的低矮祠堂，供奉着观音的雕像，没有看见儿时的人脸树那显著的"人脸"特征。我走下去，仔细地看，终于看到了，也明白了为什么会多了后来修建的祠堂，早先是没有的。树还是那棵树，这么多年，它被持续不断的香火熏得有些生命垂危，早已没有了曾经的高耸、挺拔、茂盛，大树的主干已从半中折断，人脸的鼓包在折断处不见了踪影，几个零散的分枝还存活着，枝叶稀疏。

所有的记忆和它往日的繁盛好像一下子汇聚到此时此刻，那么多前来供奉香火的人，我并不知晓大家前来祈求的具体是什么，但我知道，生而为人,围绕的主题一定离不开健康、平安、财富、事业、情感这几方面。就在这时,我突然听到内在的声音与我对话:你"没有"是不可能创出来你"有"的。我内心一阵欣喜,如获至宝,默默地重复收到的这句话,生怕给遗忘了。那声音持续传递给我的是,一个人,如果你的内心世界是"没有"的状态,那么外在,就无法体会"拥有"的感受,因为所有人的外在是他们自己内在的投射。那个声音似乎用清晰的画面在向我进一步呈现:有一位阿姨跪拜在那里,告诉人脸树说,我身体不好,这么多年体弱多病,这里疼那里也疼,请你给我健康。或者是,我没有钱,我很穷,请你给我更多的钱。或者是,我的孩子想考大学,请你让他考上名牌大学。或者是,我先生在约会别的女人,那人如何如何坏,请你让她离开,让我先生继续回到我身边,等等,画面形形色色。就像跑步,你起点选择的是一条什么样的路况,你所经历的就会是那样的路况。请你仔细去觉察一下阿姨口中的那些祈求,无论她祈求的是健康是财富还是情感,她出发的核心点是什么,是基于一种"没有""不足够""匮乏""想要更多",当她说没有、她不够的时候,就在祈求更多的"没有"和"不够",永远无法让自己的生命真正地改变和翻转。例如,若你内在没有爱,你就总感觉缺爱,总想抓取更多的爱,不管来了多少爱,你依然总是感觉不被爱。若你内在没有自己"足够好"的认知,你就总想用很多行为或试图通过得到很多东西来证明自己够好,总想用你比别人强或者别人不如你来证明自己足够好。很多时候你都做到了,可你内心深处依然觉得你不够好,这个不够好的感觉就像一个很深很深的洞,你试图通过做更多来填满,得到更多外在的拥有来填满,用超过更多人来填满，可是无法填满，你越来越不开心，有一种无形的压力和沮丧在撕扯着你。若你内在认为你没有钱，你就会害怕花钱，想抓取更多的钱，钱不来你很恐惧，即使来了很多，你仍然感觉到不足够，你还要拼命抓取更多更多，永远都感觉不够，没有够的时候。

我问，终极的答案是什么，人们怎样才能不被这些无形的压力、恐惧、怕失去、我不够好、我不值得所撕扯和吞没，具体要怎么做？

那声音欣慰地笑了，温柔地凝视着我，轻抚着我的头，说，孩子，谢谢你问出了如此有力量的问题，然而，我必须说，答案很简单，并且最最关键的，每个人的内在都拥有，那便是回到你的内在，去看到一个真相，一个强大的事实，你呱呱坠地时，你看到你是一个多么鲜活、多么独特、独一无二的生命存在，你的到来是给地球最珍贵最独特的礼物，你对你自己的感觉很好，你对自己很满意，非常满意，你爱你自己，你每时每刻都充满着无条件的爱与激情，经由此，你爱你之外的人、事、物。一个重中之重的点是，首先，你内在处在你"有"，或者说你"是"的状态，当你处在你有或者你是的状态，你在你的外在看不到你没有，你不足够，你不好，你想抓取更多来证明自己是好人的匮乏心态。就好比，当你内心充满爱的时候，无论你走到哪里都是爱，你都在给出爱，也在享受着被爱。千古不变的真理，改外先修内，忆起每个人的内在本自具足，本就是那个独特、完整、完美、精彩的生命存在，本就拥有的真相，外在自然就变了。

正所谓境随心转，境由心生。

## 全然地给出爱，让我再次体验神奇的疗愈能力

一岁生日的第二天，千寻宝宝拉肚子，这一次我不确定他到底是吃了什么导致的，有可能是面条里加了炖熟的鸭汤，吃过之后不能良好地消化食物里的油脂所致。

一天拉四五次，但千寻宝宝的情绪状态很好，并没有哭闹烦躁的现象，只想让我多抱抱他。我买了益生菌和小儿腹泻的辅助药物，益生菌直接兑在奶粉里进食，药物冲上少许水喂食即可。第一顿千寻宝宝吃了几勺药，下一顿便再也不吃了，哭喊着拒绝吃药。我也就没再强求，继续观察他的状况，这期间，辅食添加完全停止，只喝奶粉，奶粉里继续添加益生菌，少量多餐地喂养。到了第三天，腹泻仍未好转，在哄他午睡时，看着他熟睡的脸庞，忍不住地摸摸他，想给他更多的爱与关怀。

就在手触碰到他温柔绵润的脸蛋时，我感受到我对他浓浓的无条件的爱和欣赏，同时还感受到我被他细腻嫩滑的皮肤滋养，也接收到了一股浓浓的无条件的爱。霎时，想起在俄罗斯途经莫斯科转机回国前一晚，有有姐姐嗓子发炎疑似发烧，我给她用心用爱抚摸身体"疗愈"了她的过程（在《嘘！你是无限的》一书中有详细介绍），便想，为何我不试试同样的方法去"疗愈"千寻宝宝呢。

就这样，开始了给千寻宝宝疗愈的体验。我并不知道具体步骤应该

怎样做，但我知道这不是重点，重点是凭着我内心爱的感觉指引去做。此刻他平躺着熟睡中，我先给他的身体做了抚摸，动作轻柔轻缓，我闭上眼睛，确保让自己带着满腔的爱在感受中去完成，去感受手接触衣服的感觉，接触皮肤的感觉，接触手的感觉，去细腻地感觉他手心的温热，匀速呼吸的气息。当我完完全全去到感觉时，我是没有头脑思绪干扰的，只是全然地给出来自妈妈那份强大的满满的无条件的爱与欣赏，祝福与感恩。没有担心、担忧、恐惧他好不了怎么办，继续拉怎么办，此刻我们在家乡信阳，要不要赶回郑州等等，我完全没有这些胡思乱想的思绪干扰。就是这么神奇，抚摸完身体，我说还能做些什么呢。内在指引马上出现，告诉我用我的掌心贴在千寻宝宝的肚脐上继续给他发送爱与祝福。我照做了，搓搓手心，让掌心热热的，轻轻地敷在宝宝的肚脐上，我的另一只手再贴在这只手的手背上，我感受到我的掌心暖暖的，手背也热乎乎的，透过手心手背，我完完全全把对宝宝的爱与祝福发送给他。我还亲了宝宝的肚脐，认真地仔细地亲吻他的肚脐，告诉肚脐，你很棒，你特别棒，你做了很棒的工作，我非常爱你。我感受到此刻我与他的连接那么深厚，我给出的爱与祝福他完全能接收得到，就这样停留了一段时间，我换另外的手做同样的动作，同样停留一段时间，总共这样交替双手进行了四次。在第二次时，我清晰地感受宝宝的肚子一起一浮，韵律节奏清晰有力，似乎在告诉我，他生命力的顽强，请我信任他的肠道细胞正在修复自愈中。

这之后，我更加充满信心，莫名地感觉他已经好了，彻底放下了给他吃药的想法，奇迹的是，这一夜宝宝没有拉肚子，次日白天拉了两次，再过了一天真的就痊愈了。

　　这是我第二次在孩子身上亲自体验全然地给出无条件的爱，身体细胞会自动修复的那份强大的不可思议的疗愈能力。自那以后，我更加觉察自己的心念在向外给出什么，我知道我是我生活的创造者，毫无疑问，每个人都是自己生活的创造者，无论我给出的是什么，都会相应地呈现其心念所是的样子给我体验。

　　学会爱，成为爱，分享爱，给出爱，是今生我能做的最好的选择。

## 本就是爱

在爱中，才能感受到更多的爱。赶快吃饭，饭都要凉了；多吃点儿菜，争取给吃完；你想吃什么，我去买；穿厚点儿，外面凉；多待一天吧，明天再走；我来抱孩子，你先吃，等等。

类似的话千寻姥姥每天会说很多，而今，让我感受到满满的感动和爱的流淌。曾经我处在内心匮乏，遗忘了我的内心本就拥有满满爱的时候，也有过不耐烦，嫌姥姥啰唆，然而，随着我向内不断地探索成长，回归真实的内在，忆起自己内心本就拥有爱、本就是爱时，我的爱才会自然充沛地流淌，那份流淌让我能够轻而易举地给出爱，也能够轻而易举地感知爱接收爱。

我更像一个管道，爱流进流出，流经更多的花草树木、山川湖海、人情事物，从中不断地扩张这份爱的张力，越来越多地给予和接收不同形式的爱：一个微笑，一个赞美，一个欣赏，一个拥抱，一个亲吻，一个抚摸，一个礼让，一个便利，一顿美食，一个热水澡等等，都是爱。从中，我感受到爱无处不在，爱的形式千变万化：花香是爱，果实是爱，嫩芽是爱，阳光是爱，雨露是爱，风霜是爱，青山绿水是爱，蓝天白云也是爱，我就活在爱中，无法不爱。

我慷慨地给出爱，感受着那份"给"的快乐和滋养，深深地感受到，给予即接收，我也收到了更多来自四面八方爱的回流。

## 觉察你的思想驾驭了你，还是你驾驭了你的思想

思想在先，行为在后。作为人类，我们创造的每样东西，从根本上来说都是先在头脑思想中创造出来的；我们看到的一切作品，都是先在头脑中得以表达，然后才在外面的世界得以显化。我们在这个星球上创造出美妙的充满爱的事物，以及我们在这个星球上创造出可怕的充满恐惧的事物，都出自人类的头脑。

人们的头脑思想里大多充斥着对过去发生事情的悔恨，对未来未发生事情的各种恐惧担忧，对情感关系的指责抱怨不满，对亲子关系的期待控制改造，对疾病健康的担忧，对金钱的恐惧和抓取，对外在拥有的执着执念。不是说这些不好，跟好与不好没有关系，是你要仔细觉察一下头脑中的思想是不是这样运作的，并且对思想上瘾，不停地出现各种思想，后果是焦虑，忧虑，不开心，不快乐，感觉不到生活的美好与幸福。

我把这些定义为，活生生的人被思想驾驭了，人人都感到了恐惧，担忧，压抑，焦虑不安，忽视情感关系，忽视身体健康，忽视身边已经拥有的美好，头脑思想会一味地评判你这里不好，那里不好，你不如别人好，你拥有的还不足够。如果是挑不出你身上的问题，头脑思想还会去挑你伴侣的问题，你孩子的问题，你父母的问题，你公婆的问题，你工作的问题，你老板的问题，你同事的问题，别的国家的问题等等，形成了一长串复杂的思想链条，总之让你一刻不得清静，在问题端纠缠转

圈，让你越发地欲罢不能，停不下来。

你感到情绪很低落，总是不开心，总感觉别人都在针对你、敌对你，你是一个受害者……就像在脱口秀的舞台上，如果没有时间限制，你会委屈地说上两小时不带停顿的。

干吗呀，苦情戏吗，请停下来，一定要先停下来，停下来，做几个深呼吸，深深地吸气，再慢慢地吐气，感受气息在你鼻孔下方嘴唇上方的位置进出，先把自己带回来。

亲爱的读者朋友们，我最想称呼大家亲爱的宝贝，让我们静下心来，看看发生了什么。快乐和幸福如果靠外在的人或物给予，那我们无法实现真正的长久的快乐和幸福，因为你把力量交给了外在，意味着快乐和幸福，你说了不算，非得外面的某个人某个物说了才算。于是快乐和幸福于你而言就有一搭没一搭地出现，你在患得患失中怀疑人生，蹉跎岁月。对生活没有了激情与兴奋，活在期待、期盼和等待里。就期盼着等待着某一天某个人的出现给你开心让你开心，期待着期盼着某一天某个物的出现给你幸福给你满足。并且，放眼望去，你觉得你做得很对，集体意识里人们都是这样做的呀。直到我在这里和你说，亲爱的，先停下来，也许整件事情，我们根本就去错了方向呢。

你看，你压根就没有好好爱你自己，没有看到你出生在这个星球上，你是多么独特、完美、独一无二的存在，你不需要和任何人比较，也没有任何人能够定义你，除非你允许别的人、别的物、别的某个观点来定义你，否则，除了你自己，没有人能定义你。你天生拥有让自己快乐幸福的能力，就在你的内在，或者都不能说那是一种能力，而是你出生时，小时候的你一直就是这么做的，本就是开心、快乐、幸福的，那是一种本能，是你本来所是的样子，你的本真。它依然在你的内在，从来都不在任何一个外在的某个人手里。就像小时候，你在沙堆旁光着脚丫玩沙子你很开心，你不觉得你得拥有占有那堆沙子。是旧有的教条日复一日年复一年地强加灌输说，你要拥有占有那堆沙子你才是个足够好的人，你才会变得开心快乐，久而久之你信以为真，把拥有占有一个又一个的沙堆变成了你应该做的事，在追逐中无法停止，并且沙堆也早已从儿时的土沙堆升级成了铁沙堆、铜沙堆、金沙堆，一个沙堆、N个沙堆。其根本就是忘记了每个人天生就拥有的本领，那就是在没有拥有占有沙堆时，完全可以让自己获得在那里玩耍得开心快乐的体验，是体验，不是拥有得到的那个终点，你到达终点，一切就都结束了。要知道，你盯着终点，你就会错失旅程，而生命的可贵和全部，是在一个又一个的旅程里，并不在终点上。

请你爱你自己，足够地百分百地爱那个珍贵的独一无二的自己，从今天起，从此刻起，拿回那个权力，让自己快乐幸福。

很好，就是这样，你做得非常好。

第一步，觉察自己的思想，因为思想在先，行为在后。任何事物都有两端，正面美好的一端，负面消极的一端，正面美好的一端给你带来的永远是开心、快乐、感觉好；而负面消极的一端给你带来的永远是指责抱怨不开心。觉察你的思想去到了哪一端，这个很重要。当你开始有意识地觉察自己的思想，你就脱离了思想的掌控，去到了驾驭思想的旅程，当你拿回这个你本就拥有的权力时，你就开始了你全新生命的创造，你会主动积极地给自己创造一个又一个正面美好的事物，你会更加喜欢自己爱自己。

第二步，当你开始觉察自己思想的时候，你已经开始脱离旧有惯性思维的掌控，你会更了解那个真实的自己，开始追逐自己，成为自己想成为的人。你的内心开始浮现久违了的自由和喜悦，那是一种深深的带着满足感的喜悦。这份喜悦会指引你去到你内心想去的方向，活成你想成为的样子。

这样，你就真正在活着了，你开始燃起生命的希望，每天充满激情与兴奋地投入到生活中，内心的喜悦和好感觉像种子一样生根发芽，开花结果，结出越来越多喜悦兴奋的果实。

# 慎重和孩子开玩笑

你爸爸妈妈去哪里了呀，是不是不要你了，不要宝宝了是不是；你看，你妈妈在抱别的小孩哦，妈妈不爱你喽；有没有把床尿湿呀，等等。

一句句玩笑的话，大人觉得只是逗逗孩子，又不是真的，无关紧要。而在孩子那里没有玩笑，一切都是真的。因此，我十分反对这样的行为。在孩子幼小的心灵，他无法区分什么是玩笑，他是认真对待的，他听到的就是真实的语言。这样的玩笑会让他感到分裂、被抛弃，他是个不够好的孩子，不值得拥有父母的爱。但他又无力抗争大人的行为，于是无助、恐慌、害怕想抗拒和极力否认你说的，但同时又在心里全盘接纳着你说的，认为他将要被抛弃，他是个不够好的孩子，他不值得拥有父母的爱。

发生在我身上真实的事，那是我四五岁的时候，那时的我胖乎乎的，人们都爱形容我像画上的小孩，实则夸我讨人喜欢。记得那时有位邻居阿姨，她看到我总开玩笑说，我把你抱到我家去，我现在就来抱你喽，我来喽，边说还边朝我走来，伸手示意要强行抱我。吓得我往墙角藏，又无处可藏。她还很爱开这个玩笑，那一阵子见到我，就总是这个段子，有时候还会说，我都和你爸爸妈妈说好了，你今天跟我回家，以后我来养你。这情形于我是极大的混乱和恐惧，完全害怕见到她，见到她第一反应就是躲着她。直到三十多年后的今天，那画面依旧清晰，仍然让我有一种恐惧、害怕、很不舒服的感觉。

也不要给孩子起绰号，如小懒猫、小坏蛋、小吃货、小脏孩子、小白眼狼等极具讽刺调侃性的称呼。你看，不难理解，要是有人这样称呼你，你也会很不喜欢，就是感觉听着不舒服，我想没人会打心眼里喜欢这些。

所以，孩子虽小，可他有完整独立的人格，尊重他完整的独立人格，做到高质量的爱与陪伴。

## 外面的一切是面镜子，反射出你的内在

真正的你拥有万千面相。先用我们赖以生存的地球举个例子，她完完全全拥有万千面相，或者说是万千面相加在一起组合成了她。她有高耸入云的山峦，有碧波荡漾的大海，有绿草如茵的草原，有形态各异的湖泊，有雄伟壮观的建筑，有原始广袤的森林，有荒凉贫瘠的戈壁，有一望无际的沙漠。一切的一切都是她，都在用自己的独特表达着她。没有哪个好，哪个不好，是这万千面相的组成造就了地球的富饶与完整，丰富与多姿。如果她只接纳一种面相，她就成不了地球，她会成为她所接纳的样子，安稳地做一片大海或一座山峦。

而我们每个人和地球是一模一样的，同样拥有万千面相，怎样知道我们拥有万千面相？外面的人、事、物就在反射我们对应的那个面相。看见这个人是喜欢的，实际上跟这个人没有关系，是喜欢自己身上也拥有的那个特征与品格。看见这个人是不喜欢的，跟这个人也没有关系，是不允许自己、害怕自己成为那个样子。

接纳得越多，允许自己呈现的面相就越多，限制就越少，活得就越无限，开心快乐就越多。当然硬币的另外一面也是真实存在的，接纳得越少，允许自己呈现的面相就越少，限制就越多，活在有限里，对外面的评判和不接纳就越多，开心快乐就越少。

　　如果去看地球，山脉是地球整体的一部分，它只是其中一个表达形式，因为山脉而去评判和不接纳大海是完全没有必要、毫无意义的事情。它们都是地球这个大拼图里的一块小拼图，拼在一起才是一个完整的地球，没有谁比谁好，谁比谁重要，都好都重要，是不同形式的好与重要，对于地球，它们都是同等重要同等美好的存在。

　　人类也是一模一样，我总喜欢说每一个人的存在都是地球独特的礼物，事实也确实如此，对于地球而言，人类依然是她大大的拼图里的一个组成部分。再细分，七十多亿人，每一个人就像是一个小的拼图块，已经完美完整地存在于大拼图中，存在的那一刻即是完美即是完整，缺一不可，缺一即失去了那份完美与完整。

　　所以，外在发生的人、事、物实际上是在给我们做镜子，反射出我们把自己看作什么，看作是分离的山川，是分离的大海，还是我们是整体地球的一部分呢。

　　如果能跳出分离的思想认知，我们就越接近生命的无限活法，那个不喜欢的人出现，是在告诉我们，如果我们想，我们就能成为他那样；那个嫉妒的人出现，是在告诉我们，如果我们想，我们就能成为他那样，而我不选择体验那个，他已经帮我体验了；那个羡慕的人出现，是在告诉我们，如果我们想，我们就能成为他那样。羡慕嫉妒恨的人出现，不是来让我们看低自己、贬低自己、否定自己，评判对方、对抗对方、否认对方的，是反射出我们内在也拥有的那个无限可能，只要我们想，我们就能成为，就能活出自己的万千面相。

　　或者干脆这样想，如果人们都是我们喜欢的类型：发型、着装、长相、想法、身材，走在街上，都是一个类型，是不是极为恐怖。瞬间，就放下了自己的评判和不接纳，即刻做到海纳百川，少了许多的否定、对抗、不接纳、不允许，立即变得开心喜悦了。

## 益智启蒙源于生活

千寻宝宝的玩具很多，变幻多样，不一定都是买来的玩具，很多都是我随手给他的一个东西，可能是一个小盒子、小罐子、小瓶子，一个纸板，一个卷纸纸芯，一个圆形的圈圈，一个包装用的泡泡袋，等等，都可以是他的玩具。

宝宝的好奇心和探索欲十分强烈，这是作为人类、作为生命初始状态最显著的特征和表现，也是我们每个人内在拥有的本能和本质。在那份好奇与探索中体验生命的美好与乐趣，本质上初始状态的我们就是这样的，并不执着占有更多东西，而重在体验事物的过程，获得那份全然的体验和乐趣。而神奇的就是，一旦我们的思想是全然地、用心地、专注地参与到任何一份体验中时，便会立即收到那份由内而外溢出的开心喜悦和满足。同时，在这份专注用心的体验中，你会知道什么是你真正喜欢的渴望的人生体验，即你的路，你的方向。

这一点丝毫不用相信我，只是生活中你用心观察一个孩子，用心观察一下你自己，就会明白我所说的。这也是非常重要的一点。

刚刚，千寻宝宝就和一个小罐子、一个塑料圈玩得不亦乐乎，由于特别专注，他发现了拿塑料圈套住小罐子的乐趣，兴奋得一次又一次地套罐子，后来还发现了小罐子也可以放入塑料圈中，他被自己的发现惊喜到了，脸上洋溢着灿烂的笑容。这个简单的游戏就是儿童游乐场的积木思维，或者早教类的益智开发。事实上，孩子的好奇与探索会本能地驱使他找到那个最佳的启发点，这个过程中我只是用心地陪伴他，似乎多说一句都打扰了他的专注与探索，我就静静地看着他玩了一遍两遍三遍……乐此不疲，就在这份乐趣中，他收获到了极致的喜悦和益智启蒙的小小成果。

还是同样的小罐子，这回换了一个组合搭档，我往小罐子里放了一个夹子，摇一摇发出声响，立即，他开始兴奋好奇，摆弄起新的玩具。先从摇一摇开始，再用小手试着拿出夹子，可抓握不灵活，试了一会儿，干脆用力甩，甩着甩着夹子掉了出来，他开心地叫唤，好像在说他把夹子拿出来了。我也看得很兴奋，鼓掌示意他干得漂亮，再把夹子丢进罐子，他又开始继续探索。

玩具种类繁多，可以是一个干净的打包盒，大的套小的，千寻宝宝可以专注地玩上十几分钟，左边往右边套，右边再往左边套，扣到桌面上套，再敞开口套，总之，从材质到形状到手感再到把玩，他都不亦乐乎。像对待一场盛大的表演一样认真，你静静地观赏他就可以了，他演得很投入，你观赏得也很满足。

要么是给他两个奶瓶盖子，他也能玩得兴高采烈，全神贯注地投入到新玩具中，尝试着不同的玩法，一会儿盖口对盖口，一会儿盖底对盖底，一会儿用盖子敲敲餐桌，一会儿又用嘴尝尝盖子，尽情发挥着他的益智天赋，演绎着乐趣源于生活点滴的篇章。

类似这样的游戏每每都让宝宝兴奋不已，可以花样繁多地启迪宝宝，让他天生的内在的神圣智慧引领他施展奇妙的表现，益智启蒙，源于生活。

## 享受每一个关系

你要孩子是因为你享受和孩子在一起的时光，体验生命不同的角色，不是因为养儿防老。你要情感关系是因为你享受和这个人在一起的感觉，不是因为他家世显赫，不是因为别人说你年龄大了该结婚，不是因为金钱或占有，不是因为控制或改造对方，不是因为索取或强迫，是因为心中的爱和好感觉。你要金钱是因为你享受金钱带给你的自由和好感觉，不是因为要积攒钱、抓取钱，向别人证明或炫耀你很重要、很强大、很了不起。你要健康是因为你享受健康带给你的好感觉，不是在你身体不适时抱怨自己身体多么糟糕，而是关注自己健康的地方赞美它、欣赏它、使用它、享受它，你就会发现你越来越健康。你要事业是因为你享受事业带给你的好感觉，而不是证明或炫耀你比别人厉害，你是重要人士。你要房子，是因为你想享受一个家的感觉，爱的港湾，而不是买很多房子成为负担，让你显得比别人好。你要车子，是因为你享受想去哪里就去哪里的自由，而不是买很多车子，让你看上去比别人好。

所有这些附加的想通过拥有某人或某物让自己显得好、显得面子好看、显得重要，都说明了一个核心，你对自己还不能做到真正地接纳和满意，所以要通过所谓的外在拥有才能对自己短时间地接纳和满意，你才觉得你是足够好的，你是完整的。

完全不用相信我说的，去看一下，一旦你去到这个方向，就意味着这份不接纳和不满意像无底洞一样指使着你，即使你拥有再多外在的人或物，你依然有不接纳自己、不满意自己的缺失感和不完整感。

所以，真相是什么，真相根本不在外在的拥有上，而是首先接纳自己、允许自己、满意自己。因为一切的关系都源于我们与自己的内在关系，内在关系满意，你对外在的表现就是接纳和享受。

这一切的一切，无论是亲子关系、亲密关系、金钱关系、健康关系、事业关系等，都只有我们在享受它的时候才是真正拥有。如果说，我要某个人或物，是为了万一将来某一天我老了，我可以指望什么什么、期待什么什么、要求什么什么，那么我们就错失了整个人生里每一个当下的拥有，活在一份永久的期待、期盼、渴求、强迫里。显然，那个力量交托给了未来某一天可能实现也可能无法实现的人或物里，即便实现了会获取短暂的开心和快乐，紧跟着又一头扎入下一个目标的制定和追逐中。而绝大多数时间，是活在无法实现的不开心不快乐的巨大失落感里，人生充满着不甘心、愤怒、怨恨和情绪。

如果，我们能活在每一个当下，和每一个当下的关系全然在一起，无论那个当下出现在我们面前的是一个孩子、一个工作、一份美食、一杯热茶、一个运动、一首音乐、一个约会，或者只是在开车、在洗澡、在打扫卫生、在跑步，我们就让自己待在那个当下，专注地与当下的关系在一起。我向你保证，每个人即刻就会收到那份来自当下的喜悦和满足，这便是生命的全部，不需要等到未来某一天、某个人或某个物出现了才允许自己短暂地开心一下子。

## 生命的轮回，论父母学习成长的重要性

毫无疑问，你复制轮回你的原生家庭即你父母的生活模式。无论你多么喜欢你的爸爸妈妈，你在无意识中复制了他们的模式。无论你多么抵触他们，不想成为他们，你在无意识中也成功地复制轮回了他们的模式。

任何让你看外在，试图通过改变外在来控制改造某个人某个事来达成目标的成长学习都终将是徒劳无功的。

任何引领你回到内在回到自身，认识自己，改变自己，将会带你走向成功喜悦之路，轮回模式也将就此终止，你开始认识你自己，成为你自己，活成你内心渴望成为的你自己。

前者的教学或书籍比比皆是，可问题是，你把力量交托给了外在的人或事，以至于开心快乐永远受控于那个外在寄托的人或事。达成了便开心，达不成便不开心，还会心生好多抱怨指责对抗，同时，即使达成了，开心也是极其短暂，转瞬即逝的。然后，继续交托到下一个人或事的发生里，循环往复。

后者，是引导你回观自己，意识到外面没有别人，只有你自己，统统都是你自己的心念投射给外在世界的镜子，让你照见真实的自己，认识你自己。那些让你开心或不开心的都只说明一个真相，那便是你

接纳自己爱自己的程度有多少，你接纳更多面相的自己，看到自己的无限可能，你便能接纳外在更多的人或事的发生，从而不迁怒于自己。那些让你动怒的人或事恰恰是你内修自己的贡献者，如果你不把力量交给外在，试图去控制某人某事遵照你的意愿，那么你将会把力量归还给自己。当你对自己接纳度越高的时候，意味着你对自己越满意，越喜爱自己，这时候，奇迹一个接着一个地发生，因为你足够地接纳自己、满意自己、喜爱自己，你发现，你开始更多地接纳外在、满意外在、喜欢外在；没有什么人、事、物的出现和发生能再激怒你牵制你。这时候的你，是完完全全拥有自己力量的，对外在的发生没有了控制，没有了寄托，你开始欣赏外在人或物呈现出不同的美，你变得多样性，你看到外在人或物呈现出不同的新鲜有趣的一面，开始感恩他们增添了你生活的乐趣。

这个外在的人或事，可能是你熟悉的人，也可能是你不熟悉的人，无论是家人朋友还是陌生人，你发现你越来越多地做到接纳和允许，随着你的允许，他们更喜欢待在你的身边；随着你的允许，你让自己获得了更多的开心快乐；随着你的允许，你的家人更多地开始做回他们自己，在他们做回自己的同时，他们也在收回原本就属于他们自己的力量。你们的关系变得更加亲密、更加有爱、更加顺滑、更加舒服，在一起的时候，彼此都很自在，很享受。

这些才是健康良好关系的模样，久而久之，孩子们也繁衍出同样的互动模式，他们生活得都那么开心，那么喜悦，对生命充满了爱和激情，这足以支撑他们在人生领域里去创造和发挥，我想这是任何形式的成功都无法比拟的。因为，他们每天都让自己活在开心、喜悦、兴奋、激情的生命里，那已经是最大的成功了。

## 满足是什么

秋日的阳光暖暖的，很柔，透过金色的树叶照射下来，给大地披上了一层霞光，温润有加。

先生带着全家去了花市，并没有目的，只是想去逛逛花市，看看各种鲜活艳丽的花草树木，感受花香四溢的芬芳与爱。

临别花市时，我们买了金色的多头菊和白色的蟹爪兰，两大盆都顶着满头的花苞含苞待放。千寻宝宝在花市异常兴奋，看到那么多新奇的东西，眼睛都闪烁着光芒，哦哦哦地叫唤着，表达内心的喜悦与激动。

穿过高架桥，金色的阳光铺满整个路面，壮丽极了。车子拐入地库入口，门卫愉快地和我们打招呼。就在下地库的途中，我脑海闪出一念，如果让我去做高官要职，哪怕是上至总统的宝座，我也更愿意选择此刻的我，是那么的和平而宁静、美好而满足。不是说高官要职不好，不是说平凡简单不好，这和哪个好哪个不好没有关系，于我而言，我觉得与高官要职的那份责任和精力消耗相比，我更想要待在我内心世界的和平和宁静当中。我感受到对生活的满足，对已经拥有的满足，感觉自己拥有的足够多了，没有不足够，是真的够了，一切都被提供得那么充足，感恩生活的美好。

当我这样说，意味着什么，不代表我账户上存着巨额的金钱，住着别墅，吃着山珍海味，穿着绫罗绸缎，所指并非这些。而恰恰相反的是，在普通的住宅就处处感受到家的温馨与温暖，吃着简单可口的饭菜，穿着舒服干净的衣服，可总是收获到满满的喜悦与满足，感恩与滋养。发自肺腑地感受到身在何处都被提供得很充足，心生无尽感恩与美好。

我深入骨髓地感受到由心的富足是一种什么样的感觉，它真的和我们外在的拥有没有太大关系，那是一种回归孩童天性的喜悦和满足，天生自带，随处可觅：在温暖的阳光中，清澈的小溪中，盛开的花朵中，洁白的云彩中，干净的笑容中，纯真的眼神中，无处不在。事实上，更确切地说，那是一种忆起，忆起那份我们每个人内心本就拥有的纯粹与美好，简单与喜悦。

那是内心真正富足的源头，心生富足，总是满足的，总想说谢谢你生活，我拥有的已经够了，我爱我的生活，这使我感到深深的幸福和满足。

而不是出于内心的匮乏，无论得到了多少，拥有了多少，总觉得不够，总想得到更多、抓取更多、追逐更多。出于匮乏的心念所创造的永远都是不够，即使外在已经拥有很多了，依然会觉得不够，还想要更多，还要继续追逐更多，不敢停下来，无法停下来真正享受已经拥有了的。显然，这份停不下来的追逐和不足够的感觉，无法让人们感到真正的满足和幸福。

这也并非我头脑想象出的匮乏，而是一种真实的感受。曾经，在职场巅峰，我操盘几十亿的地产项目，各种会议、接洽、目标制定，加班加点永无止境地忙碌。在目标一个个达成，获得甚至都来不及获得短暂的喜悦后，陀螺般地即刻投身下一个目标追赶中。没有生命本该有的鲜活，更没有内心的满足和喜悦，无论得到了多少，总觉得不够，还要得到更多才行，又得到了，还是同样地感觉不够，还得继续追寻想要更多。总之，就是，"我"不在现在，"我"存在于未来的某个结果里。不单在职场如此，我在经营自己的商业项目中也时常有类似的感觉。现在，我清晰地知晓，根本不是我拥有的不足够，而是内心完全就是匮乏的。

在此，我想让你知道，我说的也并非是我，而是你们。匮乏的内心只能创造更多匮乏的生命体验，这又回到了前篇——你"没有"是不可能创造你"有"的。

## 觉察你给孩子传递的是什么思想

在家乡给千寻宝宝过生日，陪陪爸妈，我们一起度过了愉快的时光，充分地感受了与大自然在一起的生活，一种祥和宁静的生活。

每天，我会抱着千寻宝宝在姥爷家门前的路上散步，路对岸是茂密的树林，树林边是宽广的河流，河水清澈。路这边是一户户人家，和成片的庄稼地。大部分的农作物以栽培绿化花卉苗木为主，路过成片的桂花地，满溢的香气扑面而来，溢满整个身体，地上散落一层金色的花瓣，伴随着浓郁的香味，彰显了大地的富饶。

每天我带着千寻宝宝到田间地头转转，去邻居圈养的鸡舍转转，给鸡群喂些菜叶，静静地观赏着它们，看到公鸡身上的羽毛油光闪亮，由衷地夸赞它们漂亮，它们没有人类的语言，但我确信它们感知到了爱的能量，变得安静而和平。

我们几乎每天都会来这里看看这群可爱的鸡，和它们愉快地打招呼。来这里的路上看到一户人家的院子边拴着一条狗，会狂叫的那种，很凶的样子。我身边跟着姥爷家温顺的小狗贝贝，隔着几米远，大狗就开始狂叫，似乎是对自己没有自由的发泄和不满，或是对小狗宣示着它的领地权。千寻宝宝在这种场景下并没表现出恐惧和担忧，我看着这一切，感受到自己也没有恐惧和担忧。我知道动物是通人性的，当它感受不到恐惧和威胁时，它是不会焦躁不安地想去发起攻击的。我定定地看着狗狗的眼睛，告诉它，谢谢你让我们路过这里，你做得很棒，你的样子很威武，我对你没有伤害。狗狗似乎读懂了，放下了所有的防备，低着头围着自己的餐盘转了几圈后，安静地卧下了。

我很快意识到，当它感受到你对它没有威胁时，它自然呈现出温顺的一面。

想起有一天，千寻姥姥和我们同行路过，妈妈说这只狗狗很凶，快到跟前时便大声呵斥它要安静些，结果适得其反，狗狗狂吠一通，我们走过去几米远，它才渐渐平息。我想，是它先感受到了来自妈妈的恐惧和威胁，出于自我保护，便用威猛的一面来表达自己。

类似的感受在一群大鹅身上也应验过。那是一个清晨，我抱着千寻宝宝在路边散步，一户人家散养的七只大鹅也在路边。走近时，千寻宝宝被它们洁白的身躯、长长的脖子、嘹亮的叫声深深吸引，瞪着眼睛观看，还发出兴奋的叫声，可临近这群鹅，它们便开始伸着脖子想来啄我们。我丝毫没有要伤害恐吓它们的想法，只是兴奋地、开心地抱着千寻宝宝欣赏着它们。于是我停下脚步，站在离它们几米远的地方驻足欣赏，几秒钟后，这群大鹅出奇地安静，收回了原来伸长的脖子，偶尔发出两声清脆的叫声，也定在那里静静地看着我俩。不一会儿，它们开始主动转身，高昂着脖子，扭动着身姿，悠哉地扬长而去。

我心中升起美好与欣慰的感觉。多年前看过一本书叫《万物皆有灵》，对我触动很深，我深以为然，并确信，在我驻足欣赏它们的那一刻，我们的心是相通的，是相连的。当我们传递的是爱与接纳，欣赏与美好的心念时，对方无论是人类，还是动物或是植物，都能感知到，也会回以接纳和认同，这也与《水知道答案》的实验相吻合。相反，当我们传递恐惧、对抗和否定的能量时，对方也是能感知到，便会采取攻击和对抗来回应。

顺利地通过那里，我们继续前行，我感到欣喜与轻松。孩子在这种生活里感知事物，逐渐形成自己的认知，他收获到的也必将是爱与接纳、欣赏与美好。随着感知的增加，他会更加扩张他内在的这份爱与接纳、欣赏与美好，因此，他也将为自己创造更多爱的美好体验。

再一次，硬币的另一面也是真实存在的。如果孩子在生活里感知到的是恐惧和对抗，那也将形成他的认知，他收获到的也必将是恐惧和对抗，这会让他更多地封闭自己，无意识地与外界形成对抗，因此，他也将为自己创造更多恐惧对抗的愤怒体验。

## 放下控制

要想获得全然的自由，必须学会放下控制，放下控制是我们时刻要觉察自己在控制什么，然后放下它。不是说你只放下对某些大事情的控制，比如说某个谈判，某个生意，放下对它的掌控、执着、执念，不是的，而是，所有或大或小的控制都要放下。比如说，宝宝正在睡觉，突然被一个突发的声音吵醒了，无论是开门声吵醒他了还是有个人的动静太大了吵醒他了，等等，类似于这样的小事情，也要放下控制。因为，随着你放下的控制越来越多，你的愤怒会逐渐消失，你感觉越来越自由，越来越开心，越来越喜悦，同时，你会更加娴熟于放下控制。因为我们的执念和掌控欲是深入到生活方方面面的，无论是工作、事业、情感、金钱、健康等。不用相信我说了什么，如果你去觉察的话，你会发现是这样的，每个人也都是这样的，控制会让人陷入一种深深的纠缠里面，不自由，不开心，不快乐。总觉得，哎呀，这件事情如果不发生该多好，如果当初没有那样做该多好，如果当初那个人没有那样要求我该多好，那个推门而入的声音没有那么大声吵醒宝宝该多好，谈判的那个对象他不提这样的条件该多好……就总是在头脑中幻想着如果外面的人、事、物每时每刻都按我头脑的规划去发生，一切该多好啊。请停下来，看到一个事实，这个已经发生了，对抗只会消耗自己的精力，激起自己的情绪，紧接着是愤怒和对抗。同时，如果你用掌控的模式去喂养头脑的思想和幻象的话，那头脑的幻象就会越长越大，就会牵制着你，让你用这种掌控的模式应对生活的点点滴滴。终于有一天，你承受不住，你愤怒你嘶吼，产生失控感，总觉得自己是一个受害者，那会让你感觉非常不舒服。

到底要怎么做，怎么解脱，怎么获得那份自由，那份全然的自由，去享受我们活着的每一天，享受我们的生命？

答案就是觉察。觉察你在抓着什么，你在对抗什么，你想改造什么，你想控制什么。你想控制伴侣，让他按着你的心意去说去做，放下它，就会看到，他是一个独立的人，你是一个独立的人，独立的人意味着有独立的思想、独立的行为，他与你根本就是两个完全独立的不同的人，你要允许他做他自己。放下控制意味着，你不会强迫你的孩子，让他成为你想让他成为的样子。放下控制意味着，你允许他做他自己，成为他自己；你做你自己，成为你自己。你们是完完全全不同的生命，你不能代表他，就像你的爸爸妈妈不能代表你一样。放下控制意味着，如果那个生意让你变得筋疲力尽，让你体会不到丝毫的兴奋和乐趣，也许就是它该结束的时候。你要放下它，也许是上天正在给你开新的门，但前提是只有你放下它，那个新的门才会打开，你才能看到新的正在敞开来到你的门。放下控制当然也意味着，你在哄小宝宝睡觉，突然有一个偶发的事情发生了，把宝宝吵醒了，你也是接纳允许的，而不是产生情绪去对抗。

当你慢慢地从身边发生的一件小事开始放下控制，你会体验到我所说的这种自由和释然，你会收获这种轻松和愉悦。然后慢慢地，你开始放下对第二件事情、第三件事情的控制，紧接着越来越多，你会发现你的开心快乐也越来越多，你的自由也越来越多，你的各种关系越来越好，你越来越轻松，越来越自在，越来越享受生活。你只待在你的好感觉中，去体验生命，享受活着的每一天。

正如前篇《最好的风水》里的情节，我们能做的是什么，如果说，按大家习惯性的做法，去指责那条狗，指责表哥，指责有有姐姐，指责姥姥，指责那个送快递的，如果你去觉察一下，你会发现这些做法根本不起任何作用，反而会让你变得很烦躁、很情绪化、很不开心。所以，我推荐的做法很简单并且非常管用，那就是孩子他不可能生活在一个真空的世界，他出生在这个世界，很多事情都是未知的不可控的，所以不要试图去控制那些所谓的"有时候"的突发事情，这个很重要。我一定要重复一遍，不要试图去控制那些所谓的"有时候"的突发事情。当它发生的时候，我们唯一能做的就是看见它接纳它，因为它已经是一个事实了，不可改变，接纳这个事实，你会发现当你接纳事实的那一刻，你没有情绪，你很和平。紧跟着我们就将自己带离那个状况，可以试图哄宝宝继续入睡，如果睡了，那很好，如果不睡，那也很好，就放下这种想控制的欲望，放下那个执着，然后，跟随宝宝的节奏去做下一件事情就可以了。你很可能会带他出去玩一会儿，很可能带他去看看花花草草猫猫狗狗，等他玩累了的时候，他自然就想睡觉了。

完全就像《嘘！你是无限的》中所描述的那样，使用的是我称之为"奇迹四部曲"的方法，也是我在生活中，一贯进行自我觉察所使用的工具，那就是，接纳、允许、放下、转身。具体就是，遇到事情发生了，首先让自己接纳事实，允许事实；当你能做到接纳和允许事实的发生时，实际上你就放下了由事情发生所产生的对抗情绪；只有当你有意愿放下由事情发生产生的对抗情绪时，你才能做到转身。转身朝向哪里？转身不是朝向混乱、情绪、对抗、指责、抱怨、谁对谁错，是转身朝向"此时此刻你做什么，什么是让你感觉好的"的方向。就是这么简单，这个方法总是很管用，也总是很给力。慢慢地，你会发现，生活越来越轻松，越来越喜悦，烦恼和无意义的消耗离你越来越远。

所以，不对抗，接纳允许事实的发生是规避情绪的重要工具。大家不要相信我说了什么，一定要用起来，因为这个工具是自千寻宝宝出生以来，甚至是自怀孕以来，我至今一直在用的，所以，一切于我而言是那么的轻松，轻而易举，无论是孕育，还是养育，是家事，还是旅行，还是写作，都是同步完成的，并不费力，没有无谓的拉扯与消耗。

## 急着到达哪里，还是活在此刻的拥有里

经常被问，你天天自己带孩子急不急？

好问题。我的回答是，不急，我很珍惜并享受参与新生命成长的过程，并收获了很多生命初始的内在智慧。

同样的问题，如果是十年前的我——那时有有姐姐就如同现在的千寻宝宝一样大——将是完全不同的答案。确切地说，那时的我一定是急的、焦躁的，总是急着要到达某个未来的地方，某个未来出现的人、事、物的结果里，总是误认为，美好与幸福就藏在未来某处，并不在人生此刻的得到里、拥有里。所以，我总是在追逐，无法停止，更无法安住当下去欣赏一个新生命的纯然与鲜活，虽然在追逐中得到了很多，拥有了很多，但内心仍然是空虚空洞的，是匮乏无力的。总认为，要去外面寻找和实现才是人生的追求，然而，这却是一条永无止境永无安宁之路，那里更多的是名与利的追逐，是数不清的责任、压力、束缚、控制、欲望，错失了无数个今天和当下，并没有真正的开心快乐。即便是所追求的目标达成了，所获得的快乐也是短暂的，甚至都来不及享受它，下一个目标又出现了，周而复始，马不停蹄，陀螺般地循环往复。随着付出日益增多，我们得到了房子、车子、名和利，收获了婚姻子女，却开心不起来。还是觉得有好多的不满足，更致命的是看不见已经拥有了的，看不见便

无法真正享受所拥有的，所以，总感觉不够，总是很匮乏，总是很恐惧，总觉得现在还不能让自己开心，还得拥有更多才行。或者总担心万一失去了怎么办，老了怎么办。你看，就是在这两种极端中不断地给自己加码，驱使着自己又开始埋头继续追逐。我想，拥有这样的恐惧和担忧的人依然还有很多很多。现在回看，不是拥有的不够多，拥有的已经很多了，非常多了，而是踏在一条黑暗且永无止境的不归路上；不是现在还不能开心，而是不允许自己开心，不允许自己活在当下。说到底，根本不爱自己，认为自己不好，不值得好，不值得被爱，而那个"不爱自己"才是最大的伤。

万幸我开始学习成长自己，从认识自己了解自己开始。当有了学习提升自己的意愿时，接引自己成长改变的老师就会出现，不同阶段有不同阶段的领路人，像灯塔一样照亮你前行的路。正所谓，接收者准备好了，给予者才会出现；接收者准备好了，给予者就会出现。

我先后学习了心理学、家庭教育、生命禅舞。让我的生命意识得到了一次又一次的全新提升，开始跳脱旧有的局限思维，从更高的意识维度看待万事万物、看待生命。我豁然开朗，拨云见日般地明朗而透彻、了悟，无论是谁，真正的开心与富足不在外在，当内心世界的爱被唤醒，便会呈现内在的本自具足，不再是出于匮乏不足够去外在追逐和抓取，而是明白开心与富足是自然而然的事情，会自动自发地呈现在每个人的生命里，让你经由你的身体感官去体验。

所以，每个孩子是完全连接着内在的爱的，更确切地说，每个孩子的到来会唤醒父母成长，忆起自己内在本就是爱的。尤其新生的婴儿宝宝更是爱的彰显，你完全可以在他纯净透亮的眼神中看到，在他柔嫩绵润的肌肤中感受到，在他纯洁的笑容中感知到爱是什么。爱是内心的和平、宁静、满足、美好，是这份强大的内在的爱在筑起每个人的外在世界。看一个人是拥有美好与幸福还是拥有混乱与抗争，实则并不在于他外在拥有的环境、家世和名利，而取决于内心拥有对爱的忆起和感知。

　　一次次的成长与蜕变，让我不断地脱去伪装、束缚、捆绑和扭曲，越来越回归真实，越来越抵达内心的爱。当我看见我本就是爱的时候，我也清晰地看见每个人的本源就是爱，经由这份洞见和了悟，我没有了那份对外在拥有的持续抓取和不足感，这是非常非常强大的。我内在的爱开始流淌、流经，流经我所经历的每一个人、事、物的发生里，流经在我与孩子之间，流经在我与爱人之间，流经在我与事物之间，流经我与身体之间，流经我与金钱之间，流经我与食物之间，流经我与朋友之间，流经我与动物之间，流经我与植物之间，流经我与天地山川之间，流经我与大海湖泊之间。由此，我变得开心、喜悦、感动、满足，完完全全充满爱，感受到无处不在的爱在流淌，不再急于到达哪里，不再急于实现什么，并清晰地看到，生命根本无法到达哪里，一旦活在"要到达哪里"的信念思想里，便错过了已经拥有的当下，也错过了生命，活在了头脑的幻象中。

　　真正的答案是什么，不是我带孩子不急，是我让自己活在每一个当下的拥有里，全然地和当下的拥有在一起，享受那份拥有，它可以是一个孩子、一个爱人、一个睡眠、一个午餐、一份工作、一个会议、一份方案、一条狗、一只猫、做一顿饭、跳一支舞、上街买菜或者开车在路上。

如此，便是活着了，鲜活地活着，富足而开心，美好而幸福。

# 每一天你都是全新的

每一天你都是全新的，要怎样描述这份全新呢？那完全是一种崭新，未被触碰，未被设定。

要知道，这是何等的有力量，可以说没有什么比早日对这份知晓的理解和了悟更重要的了。因为所有的创造和转折都从全新的这里开始启航。这份全新是完全超越人类头脑所有的认知，而遗憾的是，每个人都无意识无觉察地把过去直接搬到了全新的一天，重复地活在过去。

那是怎样的一种全新呢，要怎样形容这个全新的程度？我试着这样来解释，假设你二十岁或者五十岁，就好比你无法把二十年前、五十年前你出生那一天的阳光照耀到今天一样。虽然同样有阳光，而今天是全新的阳光在照耀着大地，在时间与空间上，与之前每一天的阳光都可以没有关系。所以，活在全新的一天是每个人翻转生命的魔法棒，过去的所有发生已经形成事实，无法改变，持续地纠缠纠结放不下，活在对过去的回忆里、后悔里，实则是活生生地把过去的不愉快再次亲手搬到全新的今天让自己循环体验。是自己不放过自己，自己给自己一个受害者的角色重复让自己体验，是不爱自己、不珍惜自己的表现。

如果你不满意你的生活，请一定不要去谈论、关注、聚焦那个你不满意的地方，想试图去改正它、对抗它、纠正它，紧紧抓着那个令你不满意的地方，重复你的过去，并且重复的正是你不满意的地方。神奇之处是，在全新的今天，去看你生活里好的一面，你满意的一面，直接放入全新的一天里，活成你满意的样子，便已经是在翻转生命重新创造了，而不是妄想回到过去改变过去。过去是"果"，要记住，每一个全新的一天是"因"，想要什么样的"果"，要在"因"上下功夫。再深层一点地说，就是你完全可以让自己在"因"上直接成为你想要的样子，结果自然能呈现你想要的样子。

记住强大的那句话，每天重复对自己说，我每一天都是全新的，无比崭新、无比新鲜，未被触碰、未被设定的，我是美好、精彩、闪耀的人，我值得拥有一切的美好。

## 正确的方向，正确的路

感觉总是出于我们的心，任何时候任何事情当你出于你的心的时候，你百分之百知道怎么做，你知道答案是什么，你知道怎么说，你知道如何做选择，并且当你的内心舒服、愉悦的时候，那代表就是你的最佳利益；反之，当你的心感觉不和平、混乱的时候，那代表你去到了错误的方向。但是人们往往习惯忽略心的感受、感觉，完全交给头脑，头脑的决定是基于过去的经验和记忆，在经验记忆之上做决定，这是第一点；第二点，头脑基于评判，评判别人、评判自己，同时都是基于恐惧、负面、担忧、否定性的评判，极少基于正面、积极、肯定的评判；第三点，头脑会给出比较，总是拿你没有的去和别人有的进行比较。

当我需要做决定的时候，我会选择跟随我的心、我的好感觉，也就是聆听我内在的声音，让我的心、我的好感觉来指引我做决定。因为我知道力量全部在每个人的感觉里、心里，不在头脑里，头脑永远是分析、比较、评判，好与坏、对与错、是与非，谁赢了、谁输了等。而跟随心跟随好感觉的时候，感受到的永远是一种轻松、一种喜悦、一种和平、一种宁静、一种美好、一种幸福、一种自由。听从内心的好感觉，这是任何外在的人，无论他怎样权威，都无法给予你的一个指引。所以，听从自己的心，听从自己的好感觉。

在教育有有姐姐方面，我也总是跟她说，宝贝，你有世界上唯一的专属于你自己的指纹，你是独特的、独一无二的，任何时候你要做决定，请选择跟随你的心、你的好感觉，而不是选择听从父母告诉你怎么做，或者选择听从某个权威告诉你怎么做。你人生的指引路标、方向，那个清晰的答案永远在你的心里，在你的感觉里。而心和感觉的指引也是每时每刻都在发生着变化，当我们要做决定的时候，我们在所处的那个当下去跟随心和感觉的指引就可以了，并且，它是随时随地全天二十四小时在随时等候着我们与它沟通，向它寻求答案，给我们指引方向，而这个内在的本能、与生俱来的本能是我们每个人天生都拥有的无比强大的力量，试着去使用它，你一定会收获不可思议的奇迹与美好，使用它、聆听它、跟随它便是你绽放自己内在力量的源泉。

我不知道你的路、你的方向，事实上，没有人知道你的路、你的方向，而你的路、你的方向的那个指引永远在你心里，在你感觉里。有有姐姐今年十岁，正因为我和先生总把力量交还给她自己，所以，尽管她只有十岁，但她在她自己的人生方向上，生活学习中，都有很清晰的方向，很明确地知道要做什么，真正喜欢的是什么。看到她内在的力量在逐渐形成的时候，我感到欣慰。我希望的是，她的人生，她百分百地主宰，这样她会收获一个开心、快乐，属于她自己的人生，她才会永远地活出那份生命的鲜活和兴奋，而不是任何时候都要来询问父母或者某个权威的意见：我该怎么做？真相是，我真的真的不知道你该怎么做，每个人是那么的不同，那么的独一无二，感觉在你的内在，不在我这里，即使我生养了你。就像小时候我给她洗头洗澡一样，她总会说，妈妈你弄疼我了，是啊，感觉长在她心里，所以我感知不到哪里弄疼她了，哪个动作让她不舒服了。她会说，我自己洗我感觉很舒服，一点都不会疼。是的，就是这样，感觉永远在每个人的内在，跟随心，跟随感觉，你就在正确的方向，正确的路上。

## 什么是拥有

什么是拥有？享受即是拥有，真正的拥有，最大的拥有。

漫步在黄河迎宾馆，我享受着清新的空气，享受着鸟语花香，享受着雄伟壮观的林荫大道时，我便是在拥有。不是拥有了某棵树、某只鸟，而是拥有了整个那里。

任何东西，拥有不意味着你一定要买下它。如果你的信念系统认为，一定要买下才是拥有，意味着我们给自己的生活创造了更多的束缚和负担，因此无法轻松和快乐。也许最终买下了，也许没买下，这个过程充满艰辛与压力，也许在买下的那一刻会有短暂的开心，但过后便是打理照顾它的责任和压力。没买下则会感受到失落，以及不满的情绪和不放过自己。

如果我们能放下对"拥有"的定义，重新解读"拥有"，即在每个当下去看见、去欣赏、去感受、去享受、去感恩已经出现在我们面前的，来到我们生命当中的，那我们就是在拥有。

在我尽情享受整座黄河迎宾馆带来的美好与满足时，我就是在完全拥有它，并且感受到的是自由、满足与幸福。它被打理得那么干净整洁，大面积的绿化和养护，美化着这里的环境，洁净着整个空气，而我不需要为此做任何的责任分担，只是在某个时间走进它，便与整个它完整地融和在一起了，享受它的壮丽与滋养，这就是拥有。

## 身边的后花园

无论你生活在哪座城市哪个地方，只要你想，都能轻松找到一个或多个属于你的后花园，心的栖息地。你可以定期或不定期地到那里享受阳光与空气，飞鸟与落叶，细腻地感受自己的脚步与心跳，真正地陪伴自己，为自己创造一个慢时光，这是对身体对自己的馈赠，是至纯至真的享受。

金秋的雨后，先生带着我和千寻宝宝来到了我们身边的后花园——黄河迎宾馆。在郑州北区离黄河不远的地方，是座皇家园林，占地约1200亩，到处绿树成荫，坐拥全国最好的法桐，棵棵高大挺拔，漫步在树荫下，不见天日，只闻鸟鸣。这里先后接待过五位国家领导人，由于靠近黄河边而得名。

现在的黄河迎宾馆除了会议政务接待外，其他时间完全免费对外开放，市民们才得以畅若自如地游走在迎宾馆雄伟宽广的大道上，陪伴在身边的是路两旁的参天大树，沁人心脾的桂花香，欢快悦耳的鸟鸣声。

我抱着千寻宝宝在林荫大道上走了好几个来回，感受鸟儿在枝头荡秋千，在草地上做游戏，欢快的叫声回荡在整片树林中。有时候，千寻宝宝凝神在一只鸟或一群鸟儿那里，认真地听着它们叽叽喳喳，看着它们盘旋飞舞；有时候，他想下地牵着我的手奔跑，虽然走路还不稳，但他就想跑，还不时发出欢呼尖叫声，抑制不住内心的那份狂喜。我就安静地陪着他，感受他的喜悦，似乎能看见那份至高的喜悦透过他的眼神散发着光芒，陪伴他的点滴就是我的收获，我清晰地感受到我收获的是开心、喜悦、美好、满足与幸福。

他随手拾起的一片落叶都要欣赏把玩很久，上下左右细致地打量，捏在手里感受叶子的形状，专注的时候他没有语言，只是用心地观赏眼前的一切。我能听到他匀称的呼吸，似乎这一切都被他呼吸进了他身体的每个细胞里，细胞们也感知到了他看到的那份美好与满足。

看够了的时候，他就会和我进行互动，扭动着身体，嘴里发着宝宝专属的语言，让我带着他换地方，换到下一个兴奋与好奇里，继续探索他的世界。

先生也会抱着他玩，扶着他爬树，让他骑在肩膀上，抱着他跑步、转圈、看鸟、看流水、爬坡、拿起树枝嬉水，等等，在父子俩的亲子时光，他们可以玩出很多花样。

这里是一个一段时间不来就想念的地方，在这里，我做回我自己，像陪伴千寻宝宝一样陪伴自己，我喜欢这里高大的树木、清新的空气、自由的飞鸟、宁静的草地、散落的叶子、干净的路面，无论是走在路上还是坐在树下都是无比美好的时光，雨声的陪伴或者阳光的照耀都带着独特的美。俨然，我整个人被美好包围着拥抱着，确切地说，只要选择踏入这里的人们无不被大自然的美好与宁静感染着。

打造一个属于你的心灵栖息地，也许是一个街角公园，也许是一个河边，也许是一片树林，我也不知道是什么，当你想的时候，你就会知道。

# 为什么孩子永远都那么快乐

也许你会说，孩子不需要赚钱啊，不需要工作啊，不需要操心啊，他没有压力啊，所以他很开心。

我会说，是的，但绝非仅限于此，这并不全面。最主要的原因，如果我们真的用心去看的话，会发现孩子他没有评判，这是最核心的。因为他没有评判，所以没有二元对立和分别心，没有先入为主地认为这个好，那个不好，别人比他好，他不如别人，他出身不好，他长相不好，等等；他也不认为他这个玩具不好，别人的玩具好；他不认为他的家庭不好，别人的家庭更好；他不认为这个地方不好，那个地方才好。统统没有，他没有这些先入为主的评判和分别心。因此，他是全情地将生命投注在当下，完整地享受当下他所拥有的，与他当下所处的境遇在一起。同时，他不会让自己陷入评判里，他压根就没有评判。评判是基于头脑的一个分裂思想，这个分裂思想会引导你、牵引你去看到所谓的别人，别人有你没有的，而它不会让你看到你已经拥有的，所以那个不开心不快乐就产生了。还有，评判会出自两方面，第一是评判别人，第二是评判自己。无论是评判别人还是评判自己，当你评判，你就处在被动的位置，让自己陷入了一种混乱的局面，你会很不开心。

一个孩子来到这里，他会看看这儿有什么让他开心，他就确保自己待在那个让他开心的地方，他很爱他自己，他要确保让自己开心、快乐、感觉好，他头脑里还没有那么多复杂的分裂思想和信念系统，他总是对当下感兴趣，总是对让他感觉好的事情感兴趣。而当这个孩子长大了，当你长大了，你的头脑里充满了各种各样的评判，总是惯性地无意识地寻找错误的地方，以至于有那么多美好的地方你视而不见。所以请把这个惯性放下，因为当你去看那些错误，你就让自己陷入了深深的负面里，阻止了开心喜悦的到来。而当你开始训练自己去看那些美好的地方，你喜欢的事情，你就完全敞开了你的心扉。这就是为什么，活在当下、活在爱中是很重要的。跟当下围绕在你身边的、你眼前出现了的、你此刻拥有了的保持连接、保持相爱，它可能是花草树木，可能是飞鸟鸣虫，可能是山川湖海，可能是不同的人、事、物，也可能只有你自己，只要你在爱中，你就敞开了自己的心扉，在那份无处不在的连接中，你就会感觉到不可思议的美好。

所以，真相是，为什么孩子永远都那么开心，因为他没有分别心、他没有评判，他不活在过去，也不活在未来，他只活在全新的当下，只享受他拥有了的，极致地享受他拥有了的。

我们成年人可不可以活出孩子的状态呢？答案是可以。从心理学的角度出发，当我们去看这个评判和分别心时，它是基于头脑的一个教导、一个说教、一个长期的灌输，是基于过去经验、过去记忆产生的一个幻象。之所以说它是一个幻象，是因为过去的那个发生已经在全新的当下不存在了，这是重中之重，我们可以再重复一下这句话，过去的那个发生已经在全新的当下不存在了。如果你不用头脑的思想把它带进来的话，它实际上在全新的这一刻是不存在的。你只看到全新的当下，关注自己的呼吸，把自己的注意力全部聚焦在全新的当下，此刻，你在做什么，你拥有的是什么。如果你在享受美食，那就和食物建立连接，好好地享受这份美食，你就不会让自己陷入一种评判说，哎呀，这个没有上一次的好吃呀，这个没有那家店的好吃呀……你不会，你只会用全新的新鲜的视角去对待，你吃的这个就是全新的，因此你就在享受美食。如果你在玩玩具，你不会说，哎呀，这个没有那个好呀，这个这里不好那里不好呀……你不会，你只会活在全新的当下，因为你不会拿记忆来牵引自己。如果你是在工作，你也不会评判说，哎呀，你工作得多了，别人做得少了，谁谁谁在针对你等等，你知道那些是假象，那些不重要，你会守住自己的心，牢牢地待在自己的心中，让自己活在全新的当下。所以，此时此刻出现在你生命里的就是全新的，就是完美的，就是最好的，就是让你享受的，就是让你喜悦的，就是让你开心的。你看，孩子的开心喜悦就是这样。

当然，一定不要相信我说的，你去试一下，随便在生活中的哪一天哪个场景，你让自己回到当下，关注自己的呼吸把自己带回到当下，切忌带着头脑对过去发生了的记忆、思想和评判去对待当下所拥有的，你就用心地和当下你所处的境遇，所做的事情建立连接，亲自感受一下，你便知道当下的美妙与极致了。

## 最珍贵的都是免费的

行驶在高架路上，透过后视镜我看到醉人的夕阳，我意识到最珍贵的都是免费的。空气，阳光，是那么的充足，如此新鲜，那么美丽，每时每刻都滋养着万物生灵，滋养着我们的身体，滋养着生命生生不息，而这最珍贵的恰恰都是免费的。在祖国西藏某些空气稀薄的高原，需要购买氧气给身体及时的补充，那一刻尽显空气的珍贵，以及对空气的珍惜和感恩。

有趣的是，地球上往往免费的持续供应着的事物，容易被忙碌的我们忽略掉、忽视掉。然而，当你静下心去聆听花开的声音，去触摸大自然的那份宁静与贡献，看到太阳滋养着大地万物，看到空气那么新鲜纯净，供应着我们的每一口呼吸，这是多么珍贵美妙的事情，是多么和谐的体验，你会发自内心地感受到，每时每刻你都被美好与幸福包围着，并且这是最简单、最容易、最触手可及的幸福，会心生无限的感恩。

时值 2020 年全球突发的新冠疫情，也许这是个完美的时机让我们忆起这份珍贵，忆起这份生命的纯粹与美好，忆起每个人都触手可及的拥有，感受并去享受那份活着的感觉、那份美好、那份由心而发的富足。

## 不同的信念产生不同的认知

　　生活中是要选择对呢，还是要选择开心呢？于我而言，选择开心。在河南坚定认为是好的事情，到了河北就不一定是好的；在中国认为是好的事情，到了外国就不一定是好的；有些地方遵循左边驾驶，有些地方遵循右边驾驶。所以，没有绝对的对与错，或者说就没有所谓的对与错，对与错是在个人信念认知的基础上解释出来的，或者个人所定义赋予的。一千个人眼中有一千个哈姆雷特，是的，那会描述出一千个哈姆雷特，不是说只有一个哈姆雷特，所以于我而言，我选择开心，而非对的。

　　我惊喜地发现，我这样的信念系统和认知总给我带来无数的开心喜悦与好感觉。会无比巧妙地、轻而易举地帮助我规避生活中的混乱与纷争，总把我带入生活的顺流里。

## 永远要接纳认可独一无二的自己

永远要接纳认可独一无二的自己，这一点很重要。在这个世界上，你有独特的指纹，专属于你的独一无二的指纹，意味着你和别人都不一样，你是独特的，你是独一无二的存在。所以，至此，去认可、看见、接纳那个独特的完美的独一无二的自己，只有当我们做到全然地接纳允许独一无二的自己的时候，才能够释放自己旧有的负面信念系统，当释放了旧有的负面信念系统时，我们便会生发出内在的智慧和力量。这份力量是在每个人的内在，当这份力量出来的时候，它会鼓励支撑我们主动去迎接更多的生命体验，只有扩大、扩张更多的生命体验时，我们才能真正知道我们到底想要的是什么。

不要对抗，不要否认那些带给我们不好感受的经历和体验，要知道带给我们不好的感觉、不舒服的体验，意味着那个方向那样的体验不是我们想要的。每一个发生都有它的意义，要看到这份意义以及它所蕴含的礼物，所以，道理我们听了很多，要勇敢地迈出那一步，去体验，去感觉。只有我们体验了、亲自感受了，在内心深处才会知晓那个到底是不是我们想要的，如果是，就继续扩大那个体验；如果不是，请不要对抗它，请不要否认它，请不要否认自己，请不要评判自己，我们要做的是，接纳、接受这个发生，接纳、接受自己，然后，放下它，转身去到我们想去的方向和想经历的体验中。

## 我的时间从哪里来

千寻宝宝自出生以来，以我带他为主，先生也会帮忙，家里没有请月嫂和保姆，同时，我和先生除了养育千寻宝宝以外，还要共同照顾有有姐姐。很多人会说，时间不够用，没有时间照顾自己，收拾自己，打扮自己，没有时间照顾家、整理家。

与没有千寻宝宝相比，我确实少了很多完全属于自己的时间，比如刚刚，我收拾好自己，洗完头吹干，感觉好舒服，泡上一壶茶，坐下来想品会儿茶，还没喝到嘴里，就听见卧室宝宝醒来的哭声。我放下喝茶这件事，赶到卧室哄他续觉（续觉在《嘘！你是无限的》书中有介绍），按着续觉的方法他很快进入下一阶段的睡眠周期，我再离开去喝茶。我的时间从哪里来？确实如上所说，要照顾孩子，要写作，要做饭，要洗漱整理，收拾家、收拾自己，做好这些都需要时间和精力。

首先，我减少了很多使用手机的时间。网络时代，把时间消耗在手机上是很容易的，而我减少了 70% 的手机上网时间，大多是在手机备忘录里写作或者听音频学习。

其次，我退出了很多群，只保留了一两个让我感觉很享受的群，在需要的时候会有互动，这些群会给我带来开心愉悦的感觉，丝毫不会把我引向思想的负面。

再次，我不会花很多时间在挑选衣服装扮自己上。我会穿舒服、方便洗衣机清洗烘干的衣服，不执着于花大量时间在修饰自己那里，更不会评判自己带孩子不如从前那么精细、那么讲究了。我知道这是我选择的人生旅程，此刻我在体验妈妈的角色，所以，我不需要职场中的精心修饰来包装自己，我做的一切是让自己开心感觉好，当我自己开心感觉好的时候，宝宝和家人都能感受到那份开心、喜悦、美好的能量，没有人会不喜欢这样的感觉。

然后，吃得简单。早餐是水果蔬菜沙拉、面包、牛奶或粥、蛋烧饭、煎鸡蛋之类的，营养丰富，简单易清洗。中午和晚上都是两个菜便很满足，有时候两个热菜，有时候一凉一热，并不需要花费很多的时间。厨房配备有烤箱，可以做烤鸡翅、烤排骨等，也很方便，还有洗碗机，我对这些现代化设备十分推崇，它们着实节省了人们很多的时间和精力。

房子很大，东西却很少，这也是我所倡导的极简生活，好处实在很多。家里感觉很空旷，很宽广，很整洁，打扫整理也变得简单许多，平均两个月请家政精细打扫一次，平时就是自己整理，完全可以满足对家整洁干净的需要。除了东西少，重要的一点就是，定期断舍离，用不上的东西要么送出去，要么网上卖掉，都是不错的选择，让搁置的物品去到需要的人们那里，继续发挥它的价值也是十分有意义的事情。

最后，不要拘泥于形式，比如，早上起床了，我习惯在收拾好宝宝后，把卧室、床都整理得干净整洁，我喜欢家的整洁与舒适，那会让我感觉很好，千寻宝宝可能坐在地板上或者在自己的婴儿床上，我给他个玩具，他自娱自乐，我便开始整理房间。

　　冬天的时候，我没有时间每天都洗澡，我也不会评判自己、抱怨孩子，每隔两三天给自己认真仔细地洗次澡也是完全没有问题的。当不拘泥于形式，反而更加自如自在。

　　再比如，夏天我会专门选购折叠浴盆放在浴室，千寻宝宝坐在自己的浴盆里自在地玩水玩玩具，我也可以非常自在地享受淋浴。

　　还有，早睡早起，这个真的很重要。我与千寻宝宝的睡眠保持同步，都是早睡早起，这让我有了非常充足的精力去迎接每一个全新的一天。

## 享受家庭这个游乐场

不能去户外的时间，我和千寻宝宝更多的是享受家庭这个游乐场。

可以是放着音乐，与他同享音乐的节奏，舞动身体，感受他的喜悦，我也很喜悦。

可以是在垫子上玩积木，我更倾向于放手让他探索不同积木的形状，让他自主找到不同形状的积木放入相应的孔中。更倾向于无声的陪伴，因为他需要的是陪伴而非语言性的说教。在静静的探索中，他完全可以感知到哪个形状的积木应该进入哪个孔中。就这样，反反复复，他玩得乐此不疲。记得在一岁体检时，医生需要在体检报告上描述孩子的智力发育水平，因此会刻意引导宝宝展示不同积木的形状匹配，更多是说教层面的引导，我观察宝宝，他有兴趣，但不持续，似乎是一种每当他处在积极自我探索的思绪中时总被外界打断的感觉，不一会儿就失去了探索的兴趣与兴奋。

可以是他自己扶着婴儿车的座椅扶手，我缓慢地推着车，他自己倚着婴儿车一圈一圈不厌其烦地在客厅学走路。

可以是他自己站在沙发上扶着靠背，从沙发这头走到那头，从那头再走回来，乐此不疲。

可以是我抱着他在客厅随着音乐的节奏玩蹦床，看他挥舞着稚嫩的双手，我也融入到了音乐的节奏里，在蹦床上起起伏伏。

可以是他躺在蹦床上，任由我蹦，他完全放松地安静地感受蹦床的上下起伏。

可以是有有姐姐带她一起玩蹦床，玩玩具，吃好吃的。

总之，会有很多意想不到的花样突然冒出来，你就会陪着宝宝一起玩，全身心地投入那份玩乐的喜悦中，会发现每时每刻都可以有新玩法。在这份愉悦的感觉中，你并不感觉累，你都忘记了年龄与身份，你变得年轻，你就是一个大孩子，在陪着小孩子一起玩耍。更有趣的是，让这个小孩子带着你这个大孩子一起玩耍。

## 上帝视角看世界

无人机航拍被誉为上帝的视角。

有人问爱因斯坦，为什么你能发现相对论，你和普通人的思维有什么不同？他说，对于一只甲虫来说，世界是二维的，当这只甲虫在一个篮球上爬行，这个篮球就是它的世界，它不会察觉到球体的弯曲；当它在一张纸上爬行，这张纸就是它的世界，它察觉不到世界不只是一个平面。但蜜蜂飞在空中就能看到这一切，我比较幸运，我就是那只蜜蜂。

人类的世界如果不用航拍的视角来看的话是三维的，但现实中存在四维、五维，更多维的世界，也许是绝大部分人所未知的。毫无疑问在航拍中我们已经清晰领略到上帝的视角，那已跳出我们生活的惯性世界，即三维世界。一旦跳出三维世界的狭窄和局限，我们就会感到豁然开朗，犹如拨云见日，一切那么清晰、那么简单，瞬间理解了在三维世界不能理解的，看到了在三维世界所看不到的真相，放下了在三维世界不能放下的执着。

用上帝的视角，从四维空间俯瞰世界，就像我们看地上的蚂蚁一样，我们能看到它们忙忙碌碌搬运食物；就像从上帝视角看到马路上坠河的公交车事件，两个人因为停车问题恶语相向，下一步就是毁灭一样。当你拔高自己的意识维度从那个高度俯瞰的时候会觉得特别可笑和不值得，为这点小事就大动干戈搭上性命，但对于当事人来说他就是跳不出来，哪怕只是一件不足挂齿的小事就足以要了一车人的命。

　　换一个视角，世界就会变得完全不一样，这样的视角可以帮助我们跳脱原本的局限。人们看待事物，往往会惯性地局限于眼前，而当我们把视线抬高，会发现我们每个人都是那只蜜蜂。学习转换视角，是每个人都应该有的技能，在遇到问题的时候，我们可以学着拔高一个维度从上帝视角看自己，如果能够做到这一点，很多所谓的问题都会变得极其简单，甚至很多过不去的痛苦都将自动地烟消云散。

## 生命是趟展开的旅程，每一天都是旅程的组成部分

我反复强调过生命是趟展开的旅程，这个展开的旅程不是指某一天、某一个时刻，而是伴随我们一生的旅程，是一场宏大的旅程，每一天的我们和发生都是这盛大旅程中的一部分。是我们在主宰自己这场生命旅程的演绎模式，是开心、美好、满足和幸福，还是指责、抱怨、匮乏和抗争。

有一个很特殊的体验，郑州至固始约五百公里，我搭乘了网约车回去，一辆商务车，算上我和千寻宝宝在内有六名乘客。

上车不久，车上乘客就因司机要在不同地方接载乘客耽误时间而很不满意。司机便与之展开理论，你一句我一句地争执起来，一对夫妇在车上打圆场帮着平息纷争。

我说了句，你们都是对的，谢谢司机师傅送我们回家，同在这趟车就是缘分，司机师傅安心开车吧。

我的视角里没有你对他错，每个人都是对的，因为每个人的思维立场不一样，所以他只能看到他思维立场里所能接纳的，这完全就是盲人摸象。关于盲人摸象，传说几个盲人摸一只大象，摸到腿的说大象像一根柱子；摸到身躯的说大象像一堵墙；摸到尾巴的说大象像一条蛇。各执己见，吵吵嚷嚷，争论不休，都极力证明自己正确而别人说的都不对。

真正的答案是，都是对的，因为视角完全不一样，所以都对。缘分让素不相识的我们在同一时间点同乘一辆车，这是不争的事实，体验这份缘聚缘散，它只是流经我们此刻的共同生命体验而已，所以指责和抱怨的都是自己在此刻的生命体验。当看到这个真相时，就会用心地去感受这份生命体验，并不赋予其意义和期许，只是允许这个缘分流经自己的生命体验，并且愿意带入美好与喜悦的感觉给到自己和对方。

我总是用"生命是趟展开的旅程，每一天都是旅程的组成部分"这个强大的工具来帮着自己转念，去看到，每时每刻是我在亲自谱写自己的生命篇章，一切都是关乎我想体验什么，答案永远是，我想给自己的生命注入开心、喜悦、美好与好感觉，所以我就从这个出发点展开。也因此，我看不见负面和不美好的存在，我深知，负面和不美好是思维信念的产物，不去那样定义的时候，我就看不到，因为我没有那样的定义。

同时，更重要的一点，既然"生命是趟展开的旅程，每一天都是旅程的组成部分"，就意味着重要的不是目的地，而是每一天旅程的那些过程。组成旅程的过程千变万化，可能是在吃饭，可能是在散步，可能是在工作，可能是在车上，可能是与孩子在一起，可能是在旅游，可能是在写作，可能是在看电影，可能是在购物，可能是在买菜做饭，等等。不在那个目的地里，就在每一天旅程的那个发生里，是旅程的那些发生组成了我们每一天的生命。

如果能看到这个点，便不急着直奔那一个又一个的目的地，便能让自己安住于心，安住于当下，真正地过好每一天。

在高速服务区，司机师傅来不及吃午餐，只买了玉米和包子就匆匆上了车。我出于关心和爱护他的身体，劝他安心坐下吃完东西再发车，他谢绝了，并请我不要担心他的车技，载着一车人，奔向车子行驶的目的地。我并非担心他的车技，本意只是出于关心，想让他安心地吃顿午餐，但我停止了解释，选择尊重理解他的行为。

仿佛这所有的过程都不存在于他的生命里，都是不存在的，只有一个归属，那便是目的地。

我恰恰与之相反，我如此重视每一个过程，我清晰地知晓一个伟大的真理和真相，过程才是一切，到了目的地一切就都结束了。新的目的地和追逐会又出现，而生命是关乎每一个过程的，过程就是我，全部的我，如果我活在对目的地的追逐里，便硬生生地错失了一个又一个美好而精彩的过程，无法体会过程的美妙，那是巨大的空洞，是得不偿失。

在这辆车里，千寻宝宝和我认真地在享受着旅程的每一个过程，感受那份宏大的生命流经我们的每一个瞬间。

## 你想体验的是什么

选择坐飞机，你体验的是坐飞机的感受。你看到地球上的一切都越来越像放大版的地球仪，地球母亲静静地悬浮在浩瀚的宇宙中，哺育着山川大地以及她的儿女，窗外的白云陪伴着你，提醒你飞升到了万米高空。

选择坐高铁，你体验的是坐高铁的感受。快捷，干净，舒适感极佳，沿途窗外的树木已经无法让你感受到根根分明的感觉，仿佛幻化成光影一般在你眼前飘过。高铁稳妥精准地把你运载到目的地。

选择骑行，你体验的是骑行的感受。畅快自在，你能闻花香，听鸟鸣，感受风吹，体会日光，追逐晚霞，想走走，想停停，在哪个餐厅吃饭，在哪个酒店住宿，这些都早已不重要，你体验的是随遇而安，你知道你已化身为大自然的一部分，你总是被照顾得妥妥贴贴。

选择徒步，你体验的是徒步的感受。感觉到双脚踩在大地上的稳健，一切都慢了下来，蝴蝶为你而舞，露珠为你而晶莹，微风轻拂脸庞，树叶摇曳，溪水潺流，你体会的是餐霞饮露的元气滋养。

选择正面积极的思想，你体验到的是生活的兴奋、激情、美好、奇迹、感恩、幸福、满足、享受，这就是最大的富足，真正的富足并不代表银行里有巨额的存款，而往往银行里有巨额存款的人活得并不开心。

选择负面消极的思想，你体验到的是生活的苦难、对抗、挣扎、抱怨、指责、疾病、混乱、不足够、匮乏，无法感受到生活的美好与幸福，总是想改造身边的人，总是评判别人这里不好那里不好，总感觉人们都在针对你，总感觉自己不幸福是因为没有赚到足够的钱等等。而金钱是个很神奇的东西，如果你把它视为人生的唯一目标，那你在生命里将无法看到、欣赏到很多出现了的足以可以令你开心喜悦的人、事、物，同时，无论你已经拥有了多少钱，金钱对你来说永远都不够。

选择职场名利，你体验的是职场的游戏规则。诱惑、追逐、奋斗、拼搏、攻击、谎言等，这些都可能被你沾染，慢慢地你会习惯用永无止境地追逐一个个的成果来展示个人的价值，给自己贴上对等的价值标签。快乐与否，满足与否，别人是无法真正知晓的，因为这是属于每个人内心深处的感觉，夜深人静的时候，你的心里有答案。

选择养儿育女，你体验的是家庭生活的细腻与温情。孩子那纯真的笑容、稚嫩的声音、柔软光滑的皮肤、肉嘟嘟的身体、蹒跚学步、咿呀学语，都在传递生命本真的美好与鲜活，本真的美好与鲜活自带喜悦与幸福的属性，不关乎外在的物质呈现和拥有。本真的美好与鲜活透过孩子手中的一根棒棒糖、一片落叶、一根树枝、一个玩具、一堆沙子、一洼水池来流露出动人的喜悦与美好。你会被感染、感动，心生美好与满足，那便是深切的幸福。

以上种种，相信每个人都可以举出很多很多的例子，而我想说的重点是，这些都是体验，是不同角色所对应的不同体验，不是好坏对错，不是一个比另一个好或不好，只是人扮演不同角色的体验。人生只关乎体验，重点中的重点是你想体验的是什么，去成为那个，这便是最大的成功，而不是别人眼中定义你的成功。

## 用角色带孩子和放下角色带孩子的不同

  基本上，我带千寻宝宝是非常轻松的，在《嘘！你是无限的》一书描写了大量的真实故事场景。大家可以随处感受到孩子在爱与自由的养育下，发育得活泼健硕，热情喜悦，生命能量爆棚，这也是我在书中展现出来的一种育儿方法，同时也是我推崇的这种轻松的育儿方法，我真的很想让更多的宝爸宝妈们也能够亲自体验到这份轻松和轻而易举。并不单单是轻松和轻而易举，更收获到了非常完美亲密的亲子关系，充满着幸福、和谐、享受和美满。

  它的核心区别是，很多时候我卸下了我的角色，卸下了妈妈的角色去带他。大家可以去观察一下，人们往往习惯性地带着角色去带孩子与孩子相处，比如说，我是妈妈，你得听我的；我是爸爸，你得听我的；我是姥姥，你得听我的等等。我的经验比你多，这都是为了你好，你得听我的，这个不能碰，那里不能去，你不能做这个，你怎么这么不听话，之类的。所以，我们在带孩子的过程中是带着一种深厚的责任、不信任、担忧、对抗、想改造他的模式，无形中就会格外消耗自己的精力，是一种为了做而做，不得不做的感觉，这里面带着很多的情绪和抱怨，还有大量的指责和对抗，是一种牺牲，是一种付出，是一种辛苦。而没有人愿意被改造、被否认、被控制，包括婴儿宝宝在内，所以彼此很容易陷入对抗的情绪里，就会感到筋疲力尽。

而我所体验到的最大的不同就是，我放下那个身份和角色，我清晰地知道在物理身体上，我是千寻宝宝的妈妈，可是在我与他相处的过程中，点点滴滴中，我没有那个身份角色的感觉，所以我会融入他的体验当中，和他一起玩，我是一个玩伴的角色。我也不会去纠正他，因为，事实上，我与他是完全不同的独立个体，我无法感知他内心世界的每一个感觉和感受，而他内心的感知会精准地引领他去到他想体验的方向和事物上，所以我总是接纳、允许、抱持的态度。同时，当他很专注地在欣赏某个事情、某个物体的时候，我也不会贸然打断他，我会融入他的那份专注里，当他玩游戏的时候玩玩具的时候，我会融入他的游戏和玩乐当中。

于是乎，我都忘记了我是一个妈妈，我似乎是一个陪伴者，在参与并陪伴着一个新生命的成长，也是在重新养育陪伴小时候的自己。所以这里面没有那种责任，没有那种不得不做，没有那种牺牲，没有情绪和对抗，没有指责或抱怨，没有那种想控制想改造。是一个生命陪着另一个生命一起成长，一个生命参与另一个生命共同探索这个精彩美妙的世界，这样的话，我就会很容易进入到他的视角里，就感觉一切都那么简单，那么好玩，那么有乐趣，一切都是兴奋，是好奇，是开心，是喜悦，真真切切地看到每天都是全新的，每时每刻都是全新的。

所以，我隆重地分享给大家，这真的是一个非常好用的工具，并且你用后，就会收获到意想不到的轻松与喜悦。

## 觉察思想上瘾

思想上瘾几乎是人类的通病。保持自我觉察的话，你会发现脑海中的思想一刻不停地在高速运转着，从早上起床到晚上睡觉，思想从来没有一刻的停歇，不停地有各种各样的思想念头冒出来，并且很多是在互相打架的状态，因此，人们会感觉到混乱、恐惧、焦虑、压力、不开心。

第一次与千寻宝宝分离是在他一岁一个月的时候，我前往云南弥勒参加为期十天的舞蹈课程。之所以这次没有选择让千寻姥姥与我同行，是因为姥爷和姥姥对我去那么远的地方有一些对抗不情愿的情绪，所以，我完全接纳允许他们的想法，站在他们的立场，我没有试图说服姥爷姥姥与我同行。站在我的立场，我也是对的，人生就像盲人摸象，每一个人摸到大象的不同部位，就会坚定地认为那个就是大象的全部，所以，谁是对的，答案是都是对的。因此我不会说服姥爷，让姥姥和我一起吧，也不会说服姥姥，你去做姥爷的工作吧，我只会允许他们做自己，待在他们认为舒服的位置；允许我做我自己，待在我的位置。于是轻松不费力地做出一个选择，把千寻宝宝送回老家，在他们身边待上十天半个月，也是不错的选择。姥姥姥爷对千寻宝宝那么喜欢，他们会给予孩子全然的爱和悉心的照料。

就在千寻宝宝回家乡的第一个傍晚，我在家享受独自的时间，泡了杯茶，家里的那份宁静让我感觉到了有一些不一样，或者说有些许不习惯。很快地思想就带领我进入了一种思念，进入了一种幻象，就不停地想，以往此刻在家，千寻宝宝在干什么，他在客厅的垫子上玩玩具呢，他在和我咿呀学语呢，他在引起我的注意呢，他在和我说话呢，他在和我眼神交流呢，等等。如果我不觉察，顺着这个思想链条走下去的话，就会给自己带入到思念、想念的感觉里；再紧接着就会带出来一种对自己的攻击和评判，这个攻击和评判的声音似乎在指责自己这样的行为，为什么要把他送回老家，他还那么小，指责自己做得不够好，做出了一个不好的行为。瞬间你就会被这种负面思想笼罩并受它牵制，你会感觉到失落和不开心，并会伴随着大量的情绪涌来。还好，我有随时随地保持高度自我觉察的习惯，意识到这是思想的念头在牵制着我，我停下这个跟随，立即把自己带回到当下，觉察自己的呼吸，即刻平静下来。我来回答这个问题，我为什么要把他送到老家请姥姥帮忙照顾十天呢？答案很清晰，是因为我要去云南弥勒参加舞蹈课程。这个课程我喜欢吗？是的，非常喜欢。去参加这个课程我开心吗、期待吗？是的，很开心很期待。此次我能带千寻宝宝一起参加吗？暂时不能，因为白天我上课的时间，没有人帮忙照看千寻宝宝，所以选择把他送回老家，让自己持续地成长提升。同时，最关键的，提升自己成长自己，这会让我自己很开心，对自己的感觉很好；其次，也是最重要的，这种好感觉会扩散蔓延到我的家庭，我最亲密的爱人和孩子们身上，他们也会感知到我的那份开心、爱和允许，以及我活出生命活力的那种绽放和激情，所以，这无疑是一个非常棒的选择。反过来，如果我不做这些持续的成长与自我提升，随着时间的推移我的力量也会被消耗，可能在某些状态低的时候，会产生指责和抱怨的情绪，会攻击先生，觉得自己付出得太多了；会攻击孩子，觉得你怎么这么不听话等等，都有可能发生。所以，当我觉察到这一点的时候，我立即就转变了念头，让自己去到了美好、开心的那一端。

觉察自己的思想念头，不被自己的思想念头无意识无休止地牵制。觉察自己的思想念头，不去到负面思想里，你就会发现，你生活得很好，一切都很美好，一切都值得让你开心，让你喜悦，让你享受美好的人生。

# 秋天的午后

　　某个午后，千寻宝宝睡醒了，我带着他在园区里散步，在公园里散步，秋天的景色带着醉人的美，他对落叶感兴趣，我就捡起一片金黄的叶子给他，他拿在手里认真地把玩，看着叶子的形状和颜色，就只是看着，拿在手里摇晃着树叶。我也会捡不同形状、色彩各异的叶子给他，丰富他的视觉感观；我还会拾起地上落下的树枝给他，他也会拿在手里认真地把玩，感受树枝表面的凹凸不平和树皮的纹理，我会拔起一根小草，尖尖的细叶形的小草给他，他也会认真地拿在手里，攥得紧紧的，仿佛得到了一件珍贵的宝贝，拿在手里摇晃着欣赏着，还不时地仰头看看我，向我传递他在小草那里得到的喜悦和开心，我愉快地回应他；我还会折两根毛茸茸的狗尾草给他，他也如获珍宝一样地拿在手里，开心地摇呀摇，跟狗尾草交流，和狗尾草做朋友。有时候，树上掉下的果实，叫不上来具体的名字，我捡起来给他，他拿在手里去感觉，你透过他专注的神情可以感受到他在认真地感知大自然，触摸大自然，他对大自然里的每一样东西都表现得非常好奇、非常兴奋、非常喜欢、非常欣赏。

　　所以无论是一个干枯的树枝，一株无名的野草，还是一片金黄的落叶，他都玩得不亦乐乎，这让我看到，虽然我们已经长大成人，长到了二十岁、三十岁、四十岁、五十岁甚至更大，然而，我们内在都拥有孩子的那份专注，那份临在，与当下的那个人、那个事、那个物用心地真正地在一起，体会当下的那份美好与好感觉，真正与当下所拥有的在一起，那是一种随时随地都能跟万物建立深深连接的内在本能，通俗地讲，就是活在当下，这是我们每个人与生俱来就拥有的生命本能。

试想，当我们启用本就拥有的内在生命本能，即孩子的那份专注，专注地和我们每一刻正在发生的人、事、物在一起，可以是手上正在做的工作，可以是正在厨房做饭，可以是正在享受美食，可以是正在开车，可以是正在带孩子，可以是一个商务谈判……无论是什么，就确保专注于当下，与那个发生保持连接，真正地在一起。那么我想，工作就会变得不再像是一份苦差，那将是轻松、愉悦、美好、玩乐的一种体验。在那种状态下立即就能收获满满的喜悦，不需要再等到并执着于未来某一天目标结果的呈现才允许自己短暂地开心喜悦一下子。实际上，孩子完全就是这样的，在拿到枯枝的那一刻，他已经是满足的，已经是喜悦的，已经是享受的，根本不需要也没有期盼、渴望、等待下一个玩物的出现，结束了与枯枝的玩乐，他就会放下，全情去到下一个全新的事物中继续体验。成年人也完全可以，并且我就是这样做的，所以，我总是在生活的点滴中感受到当下的美好，当下的全新，感受到被滋养，感受到爱的流动。你与我并没有本质的不同，我们拥有同样的身体构造和机能，我可以，每个人都可以，而你要做的便是允许自己越来越多地活在当下。

## 终止复制原生家庭的轮回模式从我做起

母婴关系的互动模式，或者说亲子关系的互动模式，不但决定了孩子的性格养成，行为习惯养成，应对关系的模式养成，还决定了将来他应对社会、对应这个世界的关系模式养成，同时，更重要的是，他会在潜意识层面无觉知地延续这样的模式到他未来的家庭，到他未来的亲子关系里和他未来的亲密关系里。

所以说，终止旧有的循环模式是非常非常重要的，当我们有意愿提升自己、成长自己的时候，就已经踏出了转变的重要一步，只要先意识到，认清这样的互动模式的深远影响，转变就已经开始了。这是一个重要的起因，它在决定着结果的呈现，只有当我们看清并意识到这样的模式呈现的时候，我们才会有意愿地从认识自我开始去到深入关系的互动模式里。同时，也会渐渐地看清自己小时候是怎样被养育的，是处在一种怎样的关系互动模式里，会不自觉地把它运用在自己的孩子身上。随着我们不断地学习成长，看清互动模式的成因，蜕变就会发生，慢慢地你就不再无意识地启用你小时候得到的互动模式，或者说，你不喜欢用你小时候互动的那个模式去对待你的孩子。

很遗憾的是，无论你喜欢还是不喜欢，你都会百分之百无意识地复制轮回我们小时候接收到的关系互动模式。这不是最糟糕的情况，最糟糕的情况是我们终身都没有看见这个巨大的真相，如果小时候接收到的是我们不喜欢的或者对抗的互动模式，虽然头脑层面知道那是我们不喜欢的、抗拒的，可是，潜意识主宰我们每个人无意识地去轮回小时候我们所接收的关系互动模式，百分之百地复制轮回，就会沿袭那种关系互动模式对待我们现有的一切关系，这包括亲子关系、亲密关系，与金钱的关系，以及与外界人、事、物的所有关系。

所以，终止复制原生家庭轮回模式的核心点，不在外在，不在某个人，不在某个关系里，而在自己的觉悟、觉知和成长提升自己的意愿度上。当你踏上提升自己之路，你就会清晰地知晓这一切的运作原理，就会知晓什么是你不想要的，什么是你真正想要的，什么是真正的爱，什么是无条件的爱，这份爱会滋养你，滋养你与一切的关系，滋养关系中的彼此。

一切了了分明，如此清晰。

## 存在分为两种，"消耗型的存在"和"补充型的存在"

何为消耗型的存在？通常我们会听到一个普遍的说法：存在感。这是人们非常熟悉的生活场景，就是你不断地通过与人群的接触，以及做大量的事情，如追剧、上网，不停地说话、不停地追逐所谓的更大成就，要拥有更多外物来证明自己的存在感。我称之为消耗型存在。这种消耗型的存在参与得越多就越感觉疲惫，感觉压力，感觉心累，身心俱疲，好像你整个人被透支了，掏得很空。

何为补充型的存在？这是一个新的说法，就是你是否参加与人群的接触，是否做大量的事情，是否追剧，是否上网，你做与不做这些，你都是真真切切地存在着，是七十多亿人中的一分子，你每分每秒都由呼吸、心跳供养着你的身体，你完完整整地存活着。当你将关注从外界收回到自己身上，开始关注自己的呼吸，自己的心跳，感觉身体或站或坐或走路，去体会脚踩地面、身体坐在椅子上的感觉，后背靠在椅背上的感觉，走路的感觉等等，这里是没有什么语言和思想的，是一种与天地万物的存在本身相融相连的状态，你感觉到非常轻松、愉悦、满足、享受。

你是否时常感受不到自己的存在？

当你感受不到自己的存在时，就会显得六神无主或者说叫心神不宁，就会不停地把注意力和焦点给外面的人、外面的事、外面的物，就是无法把关注力给自己，你会热衷于持续地和别人谈话、聊天，让嘴巴停不下来。会不停地让自己陷入各种忙碌当中，停不下来，无法停下来；会让自己不停地去到追逐的方向，停不下来，不敢停下来。用嘴巴举例子，嘴巴停不下来的感觉，会表现在聊天、吃零食、抽烟等，会让自己做很多，似乎通过这些来给自己做掩饰、掩护和伪装，似乎只有这样的时候，你才感觉到，哦，我是存在着的。

直到有一天，虽然你已经拥有了很多，家庭、房子、车子、金钱、事业、朋友、家人，不止一套房子、不止一辆车子、不止一个公司，等等，但仍感觉生命还是缺失了什么，一种无言的压抑的感觉，令你不快乐，不得喘息，紧绷焦躁，总想逃离，又无处可逃。似乎生命缺失了很重要的东西，得到再多，也无法快乐，感受不到拥有了的满足和由内而外散发的喜悦与激情。

是不是时常会有这样的感觉？我要说："这非常好。"当你有这样的感觉时，并不意味着生活不好，反而意味着新的大门正在朝你敞开，我想你在这篇文章里得到答案。首先，试着把关注力和焦点从外界一点点地收回来，给到自己，要看清一个真相，不可否认的一个真相，那就是活在世上的每一个人，他做与不做，他都是真切的，真真实实的，实实在在存在的，这份存在无关乎他要去说多少话，他要去做多少行动，他要去追逐多少事业，首先是，他本身就是存在的。当然，如果你不经常处在这种感觉里的话，我说的这些就会让你感到很陌生，刚开始不太能体会到你真真切切存在着的那份美妙、那份感动、那份喜悦、那份满足。你可以把注意力拉回给到自己，从关注自己的呼吸开始，就静静地一个人待着，去感受你的呼吸，从鼻孔下方嘴唇上方的位置，感受温暖的气息吸入和呼出。可以把呼吸变得慢一些，这样感受会更加清晰，感受气息深深地吸进了腹部再缓缓地吐出，再深深地吸入再缓缓地吐出，再深深地吸入再缓缓地吐出……去感觉非常有规律的心跳，经过这样几个来回，你是不是觉得获得了一种巨大的宁静？太好了，这个就是存在。

实际上，这份存在，从我们出生，直到物理身体的死亡，每时每刻每分每秒都伴随着我们每一个人。当你有意愿和自己的存在去连接、去感受、去感知的时候，你会有心生喜悦、心生和平、心生宁静的感觉，这个时候你就会习惯把那股存在、那股精气神慢慢地收回给自己。你带着这样的存在，无论去到任何的地方，无论你在工作，还是在旅行，还是在做饭，还是在带孩子，还是在公园散步等等，你都保持着与自己在一起的那份存在。于是你不执着于一定要到达哪里，成为谁，获得什么，得到什么，拥有什么，才会让自己开心，才允许自己开心，才允许自己喜悦、满足，你就在那份巨大的存在里，感受到与天地万物都是有连接的，那份连接那份存在给了你一种非常大的满足、滋养、安全感。对，你就是觉得很心安、很安全、很喜悦。

当然，刚开始这样做的时候，你并不习惯，但是随着你的意识开始往这个方向走，慢慢地，你开始一次、两次、三次……更多地感受到你存在于任何时间任何地点，你无处不在。

任何时候，当你感觉到压力、恐惧、焦躁、烦躁、对抗、情绪、抱怨、指责、孤独、寂寞的时候，这些都是你培养自己、训练自己找回存在感的最佳时机。每当这种情况发生的时候，一个很简单的方法，就是把自己带到存在里，去深深地呼吸，关注自己的呼吸，关注自己的心跳，感受气息流进流出，即刻，你就感受到了自己的存在。随着你对自己存在感知得越来越多，你就会越来越多地触碰到那份存在，那份存在给了你极大的和平、宁静，由内而外的喜悦的感觉。于是你不再被定义为孤单，你也不再害怕，你可能享受和自己在一起，享受一个人待在房间里，享受待在大自然里，享受吃饭，享受带孩子，享受工作，享受和家人在一起，享受在路上，享受阳光，享受微风，享受雨露。因为在这一切里，你看到了它们也是自然存在的一部分，你与它们有一种深深的连接，那份连接就是存在本身。

于是你放下了更多的找寻，更多的期待，更多的抓取，更多的控制，更多的执着，想要得到更多，拥有更多；你更习惯待在自己的存在里，与生活发生的每一刻的存在连接、互动、共振。并且，你开始去看你所拥有的，开始感恩你所拥有的，开始真的享受你所拥有的，不禁让你心生无尽的美好与滋养，这与你以往的任何感受都不同，这里是巨大的和平、滋养与享受，并伴随着深深的满足和喜悦。

你孤单吗？你不孤单。你会享受热闹，你也会享受寂静；你会享受工作，你也会享受家庭；你享受旅游，你也会享受待在家里，就仿佛你触碰到了那份大大的存在，那个存在就是无处不在的。就好像所有的鱼儿都在努力地寻找它们的海洋，而你找到了，海洋根本不在别处，删你本就生活在海洋中，被海水包围着。就仿佛你虽然人在身体里，可是你又完全可以无处不在地和那份存在连接，你是满的，你是饱满的，你是安全的，你是满足的，你是喜悦的。你不执着于只活生命的一个面相，比如说，只认可自己事业的一面工作狂的一面；你也不执着不认可自己家庭主妇的那一面；你也不执着一直要在路上，你也不抗拒只是待在家里。当你触碰到了更大的存在，更大的生命实相，更多维的自己，你就会不顾一切地想去绽放你生命的多个面相，万千面相，你感到越来越饱满，越来越丰盈，越来越幸福，越来越满足，越来越喜悦，越来越自由，生命闪烁着光芒。

那份存在，其实是什么？

实际上就是生命能量，或者叫气、元气，它是无形无相却又真实存活于宇宙万物当中的，流淌在我们每个人的体内，它是生生不息的，它就是源头的生命能量。大家丝毫不用相信我，也不要去相信我，一定要亲自去感受。但凡你把力量收回给自己，关注自己的心、呼吸、心跳，减缓或停止活跃的头脑思想，你就是在给自己补充能量，但凡你这样做，经常这样做，时常觉察把自己的注意力拉回到自己的中心，你就会能量满满，就会瞬间感受到内心的好感觉，一种和平舒服的感觉，同时还会感觉到内在拥有一股使不完的劲，也可以称之为精力旺盛，时刻充满着鲜活的生命气息。

对，要学会通过使用这股强大的力量来呈现生活，这样才会轻松、轻而易举，才会让生活时刻处在兴奋、好玩、乐趣、喜悦里。

# 放下对太阳的恐惧

时值金秋，再次来到云南弥勒太平湖森林小镇，这里是名副其实的世外桃源，人间仙境。

清晨的阳光散发着七彩绚丽的光芒洒向小镇，一草一木都得到了丰沛的照耀和滋养。住在帐篷木屋，霞光迫不及待地穿越被子轻抚我，用不同色彩的变幻浸润我，它与窗外的鸟儿们一起欢快地为我唱歌，唤我起床，急不可耐地邀我走进它们的狂欢。

我也欣喜若狂地迎接它们与它们互动。走在去往湖景餐厅的小径上，我感受着阳光温热而轻柔地洒满我的全身，实际上是洒满大地，我置身于大地母亲的怀抱，身上暖暖的，很舒服。鸟儿们此起彼伏地为我吟唱，我连脚步都不自觉地变得轻盈，感受到生命气息在我身体里欢快地流淌，回应着清晨的日光盛宴。

路上看到很多人撑着伞走在这里，或者是用披巾包着头和脸，我意识到很多人对太阳有恐惧和对抗，哪怕只在户外走很短的距离也要打防晒伞，似乎要极力遮掩消除阳光的存在。

而此时并不是盛夏，这个季节弥勒的平均气温在15-25℃，饱含秋季的清爽和温热，所以眼前的举动着实让我感到惊讶，意识到人们对太阳有太多的负面信念系统和误解，其中一个是不打伞会晒黑；另一个是云南的紫外线特别强烈，不打伞会晒得更黑；还有一个是秋天的太阳像只秋老虎。由于我没有这样的信念系统，所以根本就不打伞，也不戴帽子，只涂了防晒霜，我认为就足够了。不单是在这里，我去任何地方，无论高原还是平原还是海边，都是这样的习惯，然而我并没有晒得很黑，即便连续日晒，晒黑了一点点，我也不评判和关注这个事实，很快就又白回来了。身体细胞自身的更新换代分分秒秒都在发生，所以没有必要为此担心和恐惧的。因此，我大胆地汲取了太阳的光、热、温暖、爱和源源不断的能量，一定量的日晒更能有效促进人体维生素 D 的合成，尤其在清晨和傍晚是不可多得的滋补时机，也因此，我身体的免疫系统特别强健。

当你不能迎接太阳温暖照耀的时候，就感受不到那份源头之光的滋养和净化。在《嘘！你是无限的》中，我也分享过晒太阳，那是针对千寻宝宝的，他自出生以来，户外体验特别丰富，接触日晒自然就不用说了，他并没有额外地补钙，但身体发育得特别健硕。

如果我们内在拥有对太阳的恐惧、评判和对抗，便无法接收它天然的馈赠与滋养，所以，首先大家要觉察到这个信念系统的束缚，可以尝试着一点点地松动释放，就从清晨太阳穿过新鲜的露珠开始去感受。阳光穿过小树林洒在草地上光影摇曳，天气晴朗的时候，经常还能享受到七彩的光晕，慢慢地你会爱上阳光的温暖和温柔，身体变得敏感起来，那里没有恐惧，渐渐地想要开始更多地拥抱大自然的馈赠和祝福，以及阳光的滋养。

# 第一次走进动物园

那时的千寻宝宝刚过完一岁生日没多久，兴奋好奇地驻足在动物园的湖边欣赏成群的黑天鹅游来游去。黑天鹅长着红色的嘴巴，这一鲜明的特点引得千寻宝宝想伸手去抓一抓，摸一摸。

动物园很大，开放很多年了，园内有飞鸟区、猛兽区、猴山、象房，以及儿童游乐区等，各种动物的品类设置和搭配较为丰富，伴随着修建的大型人工山水和秀美的凉亭，极具一番风味。

飞鸟区有很高的巨型天网罩住区域上空，鸟儿们可以自由地飞翔，但仅限于在天网范围内，无法飞出网状的防护带。除此之外，飞鸟区也设置了很多或大或小的独立房间圈养一些珍稀飞禽，这一类均为珍稀少见的鹳类或鹤类，长相奇特，或者拥有鲜亮明快的羽毛，或者长而厚的嘴巴，适应的温度湿度不尽相同，房间会依据它的生长需要做出相应设置。它们只能在圈养房里活动，游客可以透过玻璃幕墙或网状的围栏观赏到它们。由于过于珍稀，生长环境也较为特殊，所以，它们不能在圈养房以外的天网空间自由飞行。一群火烈鸟群居在一个大的房间里，地面有一定的积水，由于是群居，积水难免混浊且不流动，透过玻璃幕墙，能感受到它们的生活状态是压抑的，一种很明显的压抑感。

猛兽区分别有雄狮、东北虎和金钱豹，区域足够大，除了它们各自圈养的地盘外还有大型的假山造景供猛兽们生活和娱乐。这里分别圈养着好几只雄狮、东北虎和金钱豹，它们长年生活在这里，过着饮食无忧的生活。然而猛兽并不威猛，我们在玻璃幕墙观赏了很久，它们也没有任何互动或咆哮吼叫的欲望，更多的是无精打采地躺在一处，旁边大块新鲜的肉块静静等待着它们去撕咬享用，但它们也提不起兴趣和欲望，只管懒懒地自己躺着。

印象最深的是，走过鹿群，一群鹿散养在木栅栏里，它们毛发暗淡，完全失去了天然的油亮光泽，没有生命的灵动和活力，而是一种倦怠，一种麻木，没有了动物本身的鲜活。感受到不是它们没有灵动和鲜活，而是圈养在这里让它们失去了自由，虽然被照料得很好，但却没有那份自由，久而久之，生命便丧失了那份色彩、跃动和弥足珍贵的鲜活，这是很明显的。

不禁让我感受到自由的可贵，自由对世间一切都很可贵，哪怕是花草树木，哪怕是动物飞禽，以及我们人类本身，都是弥足珍贵的，都是值得捍卫、值得追逐、值得敬仰、值得拥有的。

而我也致力于活出生命的活力、鲜活、绽放与自由，照亮自己的灵魂，同时，那份爱也会自然而然地传播引领更多有意愿敞开自己朝向自由和鲜活的人，那是灵魂渴望我们活出的样子。我深知，每个人的灵魂都自带光芒，是生命赋予我们这具身体最大的意义和初衷。

## 生命之花绽放的礼物

舞蹈课上，老师说，你们不要去看别人，也不要学我是怎么跳的，要跟自己的内在保持连接，跟自己的身体连接。

这句话瞬间给了我强大的力量注入，我完全回到自己的连接里，不需要有任何的舞蹈基础，而事实上我也根本没有任何的舞蹈基础，我一度认为我是最不擅长跳舞的，然而神奇的是，只要你放松身体，信任身体，你的身体就知道怎么摆动，便会在那个当下跟随音乐自由地舞动，这便是生命之舞的美妙之处，也是吸引我的地方。

在那个连续的舞蹈里，音乐不停地切换，快的，慢的，喜悦的，低沉的，无论出现的是哪种音乐风格，我都能自如地切换，仿佛身体化身成了一个玩具，我在和自己的身体做游戏，彼此开心地做游戏。课上，并非我做到了，连六七十岁的阿姨一样能轻松做到。

当我放下了"我的动作还不够丰富，跳得还不够好，别人的眼光让我不好意思，会影响我"这样的信念系统时，我只是专注地跳好我会的动作，重复地跳，结果奇迹就发生了。我专注在我会的动作里，跳着跳着，我就自发地创造了更多新的舞姿出来，并且是专属于我的风采，在那里我收获到了极大的喜悦和满足，是一份来自我在当下创造出来给自己的惊喜和礼物，我由心地感到开心和快乐。这份来自内在流淌出来的至高喜悦，根本无法用金钱或物质来衡量，和别人的接纳或认可也没有丝毫关系，它就是独属于我的创造，来自我内在生命之花绽放的礼物。

# 让自己保持觉察，回到当下的工具

把生活中我经常用的自我觉察的方法分享给大家，很简单，大家完全可以在自己的觉察里调整，同时你也可以创造更多引领你回到当下的行为。

第一个，时常觉察自己的表情。如果你有觉察的话，不难发现生活中人们的表情不由自主地会进入到一种紧绷、沉重、严肃、凝重、忧郁、麻木的状态里。这个不用相信我，就去观察一下，无论在街上还是走在路上，你会发现大家的表情都是这样的。实际上，这更多的是一种不由自主、无意识的行为，我们完全可以把它变得有意识，就是有意识地觉察自己的表情，是严肃的、沉闷的、凝重的、下垂的，还是轻松的、愉悦的、舒展的、上扬的呢。当进入到这个觉察的时候，你会不由自主地把自己的表情调动到一个轻松上扬的状态。当然，你不觉察的时候，它又掉回了原来的状态，但一觉察就把自己带回来了。保持这份觉察，你就会持续不断地把它拉上来，轻松愉悦的表情也是我们每个人面部最好的风水。

第二个，觉察自己的呼吸。不说话的时候，安静的时候，为了停止思想的高速运转以及大量负面思想的带入，很简单的方法就是觉察自己的呼吸，感受那个气息舒畅地流进你的身体进入腹部，再缓缓地吐出，和那个呼吸在一起，你会获得一种轻松、自在、舒适、宁静的感受。立即你就回到了当下。

第三个，觉察自己的触摸。我知道我们在触摸方面是没有觉知的，甚至害怕触碰接触到人们的身体。我们可以通过日常的觉察找回自己丰富而敏锐的触感，比如手里握着一支笔在写字，端起杯子在喝水，整理床铺，或者拥抱孩子，很多时候，这都出于头脑机械的行为，那里面是没有感情、没有温度、没有爱、没有灵魂、没有流动、没有连接的。觉察自己的触摸实际上很简单，就是哪怕你只是坐在办公桌前，或者在车上，就用手轻轻地去抚摸那个桌面，感觉手与桌面接触的感觉是什么，或者是手握方向盘的感觉是什么，或者是抚摸沙发的感觉是什么，或者你只是坐着，手抚摸你的腿、你的膝盖、你的手臂、你的胳膊、你的脸、你的头发、你的耳朵，那个感觉是什么。

第四个，觉察走路。每天都会在不同的场合行走，无论是家里还是办公室还是街上还是公园里，就去感受脚穿在鞋子里的感觉，走在路面的感觉，可能不同的鞋子材质与地面接触时发出的声音都不一样，去感受它，去感觉它。

第五个，觉察洗澡的时候，感觉水流流经身体划过皮肤，感受花洒冲刷身体的感觉，感受水的温热，感受水的清澈，与这份感觉建立深深的连接。

第六个，躺在床上，要睡觉了，去感受你的身体躺在床上的感觉，感受被子盖在你身上的感觉。感受你的手、你的胳膊、你的脚、你的腿、你的后背、你的头都安放在最舒服的地方，进入那个感觉里，不知不觉你就进入了甜美的梦乡。

这些都会帮你提高自我觉察，并把你立即带回到当下，这也是我每天反复做的，经常做的，也是我训练自己回到当下的一个很简单、没有任何技术含量、信手拈来的工具。

与之相反的一面，也是大家更熟悉的，人们可能经常会不自觉地掉入一种模式的循环里。比如说，走路的时候习惯性地看手机，吃饭的时候也在看手机或者看电视或者不停地聊天，甚至上厕所的时候也是手机不离手，睡觉的时候也同样地看手机，看到实在没有可看的了再睡觉。诸如此类的场景都十分常见，当然，这里并不讨论哪一个好、哪一个不好，实际上也不存在哪一个好、哪一个不好，只是完全不同的体验，这两种体验给你带来的身心感受是完全不一样的。

如果，时常保持自我觉察，把觉知力和意识力给到自己与当下发生的连接里和内心的感觉里，用感觉去生活的时候，那你就在给自己的精神生命体充电，你立即就会感觉莫名的舒服、感觉好、很享受、很满足、很喜悦、很幸福，这些是你立即就可以感受到的。如果是把意识力给到手机、给到电视、给到不停地说话聊天，没有给到那个当下，你会感到一种身心的分离和割裂。久而久之，随着身心分离和割裂感的与日俱增，会给你更多撕扯的不舒服感，并且你感到被一种无形的力量不停地消耗着，使得你的精神状态不好，容易陷入情绪和混乱里，无意识里给自己制造对抗、抱怨、指责和不开心。

当你慢慢地开始使用这个工具，越来越多地让自己保持觉察回到当下的时候，你会发现这是一个轻而易举地享受生活，即刻就能获得喜悦和满足的方法。同时也请不要评判自己，评判自己曾经做得还不够好，能改一下就好了，后悔当初做了什么什么，没做什么什么，不要这样评判自己，否则又会把自己从一个极端带入另一个极端。真相是过去的每一个发生都是完美的，时光不可倒流，所以，那个发生就是完美的，去接纳它，允许它，放下它，然后坚定地让自己去到新的地方，迎接新的创造。

多问自己，亲爱的，此刻我做什么能让自己感觉好，就去做那个。

## 持续不断地欣赏嘉许自己

先生分享给我一段关于宇宙的视频，他知道我喜欢探索宇宙，喜欢天文学。视频中是卫星探测器拍摄到的太空景象，可以非常近距离地观看到地球、月球、金星、木星、土星、火星、太阳，以及宇宙中数以万计的星系，或者行星，或者恒星。

瞬间，我领悟到宇宙间蕴藏着极其简单而强大的真理，也是我一直践行使用并分享的真理。那便是，每个人一定要持续不断地去欣赏、去认可、去嘉许在这个星球上独一无二的自己。你看，浩瀚无垠的宇宙中，每一个星系都不同，每一个星球都不同，不但不同，还是那种千差万别的独特。不但在体积上不同，在色彩上、外观上、功能上都是那么的不同，可是没有一颗星星是不闪耀的。仰望夜空，繁星闪闪，而我们就像是一颗颗不同的闪耀着独特光芒的星星。

所以，任何时候，不要否定自己，不要评判自己，不要对抗自己，要意识到过去所发生的一切都是完美的，因为时间不可能逆转，不可能逆流，所有的发生都是现场直播，那意味着它就是完美的。所以，全然地接纳它、允许它，然后放下它，在此刻在当下，欣赏自己的独特，嘉许自己的独一无二，认可自己散发着灵魂独特的光芒，它时刻在等待着你去闪耀它、绽放它、荣耀它。

当我们这样做时，新的创造便开启了。

所以，力量永远不在外在的人、事、物，成就、得失那里，力量永远在自己的内在，持续不断地欣赏自己，看到自己独特的光芒，这便是创造的力量所在。

# 让身体动起来

开启心灵舞蹈的探索和学习有一段时间了，若问我真正学到了什么，实际上不是在学舞蹈，不是在学舞蹈怎么跳，学到更多的是，放下头脑中的顽固思想和信念系统。当我们能够有意愿地选择放下思想，相信身体，臣服于身体的精微与完美构造以及它拥有的神圣智慧，让身体的能量去流动去表达的时候，就会收获很神奇的惊喜。发现，哦，原本每个僵硬的身体它是这么的灵动，轻盈流动的感觉，原来跳舞是不需要任何舞蹈基础的，原来我不是只会这一种音乐类型的舞蹈，原来我可以在不同的音乐中穿梭、舞动、自如地表达。所以在舞蹈中，我收获了，不单是让身体变得更轻盈更灵动，同时也收获了由内而外的喜悦和满足，经由此，我更加欣赏喜爱自己的身体，更多地去使用身体探索身体，深深地爱上自己，更愿意绽放生命的鲜活。

最重要的是，借由舞蹈让我的身体更多地打开，动起来，对，让它动起来，像水一样，是自如地在流动。如果，人们不选择将身体动起来的话，就会让头脑思想高速地运转，停不下来，会形成各种思想链条造成的烦恼、忧虑和纠结。而纠结和混乱是思想链条的特点，头脑中的思想就是喜欢或者说惯性地去找寻所谓的问题，掉入错误、负向、比较、评判、指责、抱怨、匮乏里，立刻你就会掉入不开心、不快乐、痛苦、有情绪、纠缠、纠结、混乱的陷阱里。所以，舞蹈让我的身体更多地动起来，自然而然地我就停止了头脑中不停翻滚的思想。

当然，借由舞蹈让身体动起来只是我的喜好，看看是否能给大家一些借鉴，并不代表你们也要这样做。让身体动起来的方法和工具有很多，可能是健身、瑜伽、太极、跑步、爬山、游泳、徒步、骑车、打球等。一旦你开始有了让身体动起来的念头，自然就会有适合你的项目来到你的生命里，你只需要朝向那个方向行动起来，看看是不是自己真正喜欢的，喜欢就继续，不喜欢可以再换个项目，总会找到一个适合你身体的、你喜欢的、让你舒服的、你感觉好的项目。一旦找到了，你就会像我跳舞一样，停不下来，随着身体的动，身体的能量就会流淌得更加顺畅，就好像《黄帝内经》的古老智慧里提到的经络完全被打通了顺畅了一样，自然，身体就变得越来越放松，越来越灵动，自然而然的，你的身体就非常健康，不存在任何病痛。渐渐地你会变得越来越爱自己的身体，享受身体动起来的感觉，同时，你也会开启对自己身体更多的探索。

2020年全球都经历了疫情的突发，也给人们一个信号，那便是我们要更加热爱自己的身体，身体是我们体验精彩生命的载体，让身体动起来，你的健康你做主，毫无疑问，百分之百由你做主。

我很开心，在完成此篇后不久，CCTV-1《新闻联播》播报了李克强总理对全国推进健康中国行动的重要批示。总理指出，要大力倡导每个人是自己健康的第一责任人，广泛普及健康知识，鼓励个人、家庭、积极参与健康行动，促进"以治病为中心"向"以人民健康为中心"转变。

## 孩子眼中的一切都是乐趣

一岁生日以后，千寻宝宝学走路的进步非常明显，可以说是突飞猛进。大概一岁一个月的时候他就可以慢速地独立行走，在这个阶段最明显的一个特征是，内在的本能驱使他自己寻求走路的支撑，无须大人说教。比如，可能是扶着沙发摸索着走，也会在想转身时用目光找寻我的帮助，每当这时我都会看着他的眼睛，笑着把手递过去接应，他就很安稳地转过了身，转身之后脸上明显挂着喜悦之情，我借此大方地夸赞他，他笑得更开心了，信心更足了。在此，不赞成当宝宝寻求妈妈类似这样帮助的时候，妈妈故意不帮他，借此训练他的勇敢，说，你是男子汉，你自己走。或者类似千寻姥姥的做法（没有批评姥姥的意思，只是描述不同的亲子关系互动模式的呈现），姥姥会故意往后退一步，大大地张开双臂，想强迫让宝宝自己转身。而千寻宝宝不理会，面对姥姥的回应反而变得焦急、紧张，害怕转身了。我给他的及时接应，正在帮助幼小的他建立属于他自己内心的一份安全感，他会表现得更有信心更愿意去尝试转身，并且是勇于尝试。成功转身后，他自然收获到力量和勇气，越来越愿意主动大胆地扩张他的尝试范围。他也会变换着支撑，有时扶着一个高一点的玩具架，扶在那里边玩边长时间地站立，玩着玩着还不时地和你眼神交流一下，似乎在表达，妈妈你看，我会站立了。

　　还有一个最明显的特征是，最近千寻宝宝特别喜欢扶着他的婴儿小推车一起行走，就是这款车在他学习独立行走的阶段给了他很大的帮助。他会巧妙地使用这个手推车作为他学步的辅助工具，我只需要轻轻地、缓慢地推着车，他站在手推车的一侧，双手扶住扶手，扶手高度和他的身高比例特别协调，他就会走得很稳。虽然步伐很慢，但是他走得很稳，因为他紧紧地抓着扶手来确保自己的安全，于是我不掌控手推车的速度，由他来掌控。由于他是面朝扶手双手抓握，所以，他只能是扶稳扶手后左右推移车子带动自己左右行走，或者是往前转圈式地推动。自从有了手推车作为学步的辅助工具，他更喜欢自我探索地独立行走了，我真的很欣慰。这样连续探索了一个月左右，他就可以慢慢地从双手抓握变成单手抓握扶手往前走了，看着他越来越稳健的步伐，神气的表情，我也感受到了他的喜悦，那是一种他在成长中收获了新本领的喜悦与自豪。

　　所以，我并没有觉得，带他学走路很累很辛苦，真的没有，我头脑中没有"很累很辛苦"的思想牵制，我就能感受到他在乐趣中体验属于他的成长，他是带着乐趣和喜悦在探索，在摸索，在成长，而我也没有什么要纠正他的，也没有什么要担心的。比如担心他走得早呀，担心他走得晚呀，担心他走不稳呀，担心他走得不如别的孩子呀之类的，没有，我非常笃定并确信他内在的本能会帮助他自发地做好各种准备，事实上，他确实就是这样做的，并且做得很好。

## 能量消耗去了哪里

能量消耗在担心、恐惧、压力、情绪、抱怨、对抗、指责上，以上这些像是黑洞一样会持续不断地吸走人们的能量。

比如说，早晨起床，身体经过一整晚的休眠，状态特别充足饱满，像充满电的电池，它已经做好了用充足和饱满的状态去迎接全新的一天。如果在这一天当中，我们经常让自己处在焦虑、压力、恐惧、担忧、愤怒、指责、对抗的状态，那一定会过得非常不开心，并且很情绪化，因为能量被这个黑洞吸走了。

然而，硬币的另一面也是真实存在的。如果这一天我们给自己做的是，跟随内在的好感觉和指引去行动，看到所有的发生，人、事、物，正向、美好、积极的一面，把自己从负向消极的惯性思维里觉察出来，然后立即停止那个行为，转身去到正向、美好和积极里。你要知道，任何人、事、物，就好比是一根棍子的两端，有正向的一端和负向的一端，任何一个负向一端的对面都有无数个正向的美好在等待着我们。同时，无论是哪一端，并不代表一端比另一端好，只代表着两端都是真实存在的，重点取决于你想体验的是哪一端，是你，不是别人，永远都是你想让自己处在哪一端。

现实中，并不是你看不到正面、美好和积极的一端，而是我们从小到大被很深的旧有的惯性思想灌输，覆盖了正面、美好和积极那一端的光芒，让我们的脑神经回路惯性地去到负向的一端，去找问题，挑毛病。然而，非常好的消息是，它的掌控权不在别人那里，在于我们自己。我们时刻保持觉察，一旦处在负面混乱的情绪中，觉察到它，随时把自己切换到正向、美好和积极的一面。当你能这样做的时候，你相当于在给自己赋能，随时随地在给自己补充能量，立即，你就让自己活在了开心、喜悦里，这是毋庸置疑的。

所以，一切都是能量在运作，生活的每一天，每时每刻，一定要觉察自己处在正面的一端还是负面的一端。

当情绪、指责、抱怨、压力、对抗、愤怒来临的时候，切记不要评判它，不要否认它，不要试图掩盖它，我们要做的全部就是看见它、接纳它、允许它。事实上它们的出现是给我们一种信号，在试图和我们交流。你通过这个信号的反馈，觉察到自己的思想行为，你立即就停了下来，放下了负面的那一端，转身让自己去看向正向的那一端。

当你开始有意愿主动看向正向的那一端时，我向你保证，任何人、事、物的发生，你都能在其中找到正面、美好和积极的正向体验。

# 最好的食物

当妈妈带着开心喜悦的心情，带着爱与祝福，赞美与感恩的好感觉给宝宝做食物的时候，那份食物会完全吸收到来自妈妈的爱，这份爱就会经由食物进入宝宝的身体。

世界上最好的食物不是在五星级饭店里吃到的食物，在五星级饭店里可能环境是奢华高雅的，但那份食物不一定会倾注烹饪者的开心、喜悦与爱。同样的，享用食物的人，他所赋予食物的能量也是相当相当关键的，这点几乎是我们每一个人很容易忽略的一点，或者说也不知晓的一点，所以就无法意识到它的强大与重要性。

记得在一次海外的健康课程里，我的老师分享过，在享用这顿餐食之前，我们发自内心地去表达对食物的祝福、赞美、喜爱与感恩，在吃它的时候是满怀着一种开心、喜悦、享受的感觉去吃。当我们散发出这样的能量状态的时候，食物是能感知得到的，可想而知，我们吃进去的所有餐食就会演变出一种非常滋养人体的能量给到身体。事实上，我们吃进去的每一口食物，本身就会立即转化为我们身体的一部分继续陪伴我们，所以我们对食物表达喜爱、赞美、祝福和享受的时候，我们也是在把这一份浓浓的爱倾注给了自己。

每次在千寻宝宝享用食物的时候，我就观察到他总是吃得特别开心，是带着满满的喜悦，迫不及待地享受着食物，同时，从他嘴里会不自觉地、情不自禁地发出满足的声音。我不知道要怎么描述，那份满足是伴随着喜滋滋的类似于"嗯～哪，嗯～哪，嗯～哪"的连续发声，好像表达的就是，哎呀，太好吃了，我太享受了，太满足了，妈妈，好开心好幸福呀，我太爱这个食物了。而食物也完全感受到了宝宝的那份爱与喜悦，自然地就转化成强大的滋养进入宝宝的身体。这个美妙的举动，不是他在吃某一餐食物时的表现，而是吃每一餐食物和零食时，他都是这样的极富热忱地用心对待着他心爱的食物。

这让我想起了有有姐姐。小时候她就一直喜欢吃方便面，在我学习成长之前，我是反对她吃的，我跟随旧有的惯性思维把方便面界定为垃圾食品。所以她每次特别想吃的时候，我会满足她，但是我会赋予这个食物不好的评判和否定的能量，我的出发点是想让她减少食用方便面，然而，对抗是不管用的，只会适得其反，她就一直对方便面情有独钟，特别依恋，她吃方便面之后的那份喜悦和开心也一度打动过我。随着我持续的成长和蜕变，我开始无条件地允许她，这个时候我没有了对方便面的任何评判、任何负向的定义，以及恐惧和担忧。我知道每个人的身体想体验的食物是千变万化的，只有她自己最清楚，当我从有有姐姐的表情中看到她那么喜欢吃方便面，吃得那么开心那么喜悦，我就知道并确信，她已经转化了方便面的能量，那份食物进入她的身体就会滋养她，就不会伤害她。相反，我不停地评判、对抗、否定方便面，不但没给这个食物注入祝福和美好、爱的能量，孩子在吃的时候也会带着很深的内疚和自责，而这一份内疚和自责就让食物丧失了那份爱与滋养，久而久之，这种食物吃多了会伤害到她。真相不是方便面伤害了她，把方便面换成其他的食物也是一样的，是负面、评判、否认、指责、怨恨、内疚的能量透过食物在伤害着身体。

就好比，刚刚我在吃橙子，真的就完全吃出了橙子那份满满的爱，看到它从一棵小苗发芽长成了果树，不断地吸收阳光雨露的滋养，开花结果，果实一天天长大，经过人们的采摘呈现到了我的面前。我真的在吃下去的那一刻，仿佛看到了它的生长过程，它的生长是带着爱，带着喜悦，是绽放着光芒的。所以当我享受它给我身体带来的祝福，给我嗅觉、味觉、触觉带来好感觉时，它就会深深地滋养我的身体。

这份强大的爱就是世界上最好的食物，所以，最好的食物是我们带着祝福、喜悦、赞美、感恩、享受的心情去吃的那个食物，我们就已经把这份爱的能量带进了自己的身体。

你的那种爱与祝福真的是经由你的心散发出来的，你不自觉地就会觉得，哇，真的感恩这么多新鲜的食材，这么美味的食物来滋养宝宝的身体，谢谢你们。这就是一个妈妈最真实的发心和无私的爱，所以食物完完全全收到了，经由食物供养了宝宝的身体。当然，最核心的是我们对待自己，对待珍贵的独一无二的自己当然也应该是同样的做法。

当你看着新鲜的食材，自然会心生那份喜悦、美好和感恩，你是带着这样的心情和能量在为自己做饭，在为家人做饭，本能地你就把这股爱倾注到了食物里面。而当你享用这份食物的时候，你也同样会发自内心地喜欢它、赞赏它、欣赏它、感恩它，感恩它们汇聚在此来滋养你的身体，在吃下去的那一刻，它们立即就变成了你身体的一部分，所以，身体的每一个细胞都完全收到了你发送的这股爱与祝福，赞美与欣赏。

很多时候，掉入旧有的惯性思维中的人们，忘记了这个强大的真相，在吃食物的时候，经常出现的是一种无意识的行为，比如，抱怨、评判，甚至指责、诅咒。人们说，太难吃了，然而还在继续往嘴里吃；太辣了，然而还在继续往嘴里吃；一点也不好吃，还是停不下来地在吃。实际上，这些负面的指责、评判、否认、攻击的能量会立即透过食物回到自己的身体里，久而久之，它没有经过很好的转化，就成了身体不适或者疾病形成的原因之一。所以，最好的食物就是带着那份满满的爱、祝福、欣赏与感恩的能量所对待的那个食物。

## 工作就是最好的滋养，享受你的工作

在太平湖森林木屋酒店的落地窗前，我在写作。听着鸟语，闻着花香，眺望远处的大地艺术中心和花海，由心而发地感受到盛大空前的美好，欣赏赞美它们滋养我的身心，默默地陪伴着我。

一阵灵感穿越而来，这份灵感的穿越想让我分享的是，此刻，我在工作，我在享受我的工作，因为我在享受我的工作，所以，我享受此刻围绕着我的一切。就好像如果今天我在这么美丽的地方工作，不是在写作，而是酒店的一名服务人员，我也会投入那份极度的热情和喜悦在我的工作当中，也会由心而发地眺望这里的一山一水一草一木，我会听见鸟儿在枝头动情地唱着歌，就能欣赏到秋天的树上挂满了金黄色的柿子。

我曾经经营打理自己的酒店，那是一个非常漂亮的酒店，时尚型的充满着浓郁的艺术气息，那饱满的色彩里饱含着喜悦与美好的元素。每次去到那里，我的感觉就是，太漂亮了，非常美好的感觉。置身在那里就是一份身心的滋养和享受，可能是某幅画带给我的喜悦，可能是阳光透过窗户洒在房间里的温暖，可能是房间里静谧舒服的好感觉。这份美好与享受不关乎我在酒店经营里赚了多少钱，实际上酒店的整体运营只是满足了所有的花费，属于平稳的运行，我的那份喜悦和好感觉并不是必须和金钱画上等号的。每次开会我都会和团队小伙伴说，你们真的要把这份对工作的热情、喜悦和美好带给自己，带到你的工作当中，不是为了客人，是为了你自己，你在这里工作，在这么优美的环境里上班，如果你都不能感到美好和开心的话，那什么样的环境才能让你开心喜悦呢？

正如此刻我在这样优美的环境里一样。记得在杨丽萍艺术中心，它在一个非常美丽精致的岛屿之上，我也有过同样的感受。《嘘！你是无限的》一书中描述了关于珍惜每一天每个当下的重要，工作人员都陷入了工作的麻木和机械里，便毫无开心喜悦可言，无论置身于何等的人间天堂或仙境，都无法感知那份触手可及的美好。

也许你会说，当然了，你现在是在一个环境优美的天堂，你会这样说，你不知道我现在的生活是多么水深火热，就是找不到你说的好感觉。

是的，我完全理解你，看似你说得很有道理，环境很重要，这个我并不否认，但是，更深层的核心，我想表达的是，就像旅行到喀纳斯期间突遇新疆疫情突发被滞留当地，在《嘘！你是无限的》一书《心中若有桃花源，何处都是水云间》篇中便有最好的体现。你的心比环境重要百倍千倍万倍，如果你的心是封闭的，你便看不见这里的美，也感受不到这里的美，你感受到的是麻木和机械，毫无兴奋与喜悦可言。然而，如若你能敞开心灵，让自己活在鲜活的每一天，并不取决于你在哪个环境，你就会被秋日路边的一片金黄色的叶子打动，看到它那动人的美，你就会欣赏到落叶不单只有金黄色的，还有橘红色的带着斑点和斑驳的，那又是美的另一种诉说。

只有这样，你才是享受的，才是敞开的，才是允许的，美好才能进入你，你的允许会带入各式各样源源不断的美好来到你。

而当你真的把心敞开，打开心扉的时候，你才能看到、感受到、捕捉到处处都是美好，你被美好包围。就好比你是酒店的工作人员，那份喜悦之情才会经由你流经到客人那里，客人才会感受得到，而不是语言层面不带温度不带温情的机械化地说，你好，欢迎光临。这是截然不同的，一份是语言符号，一份是爱的流淌和滋养。

# 是什么把我们带离了当下

是头脑里止不住的思想把我们带离了当下。

当头脑里不停地有思想出现的时候，便无法活在当下。即便当下的景色再美再怡人，也失去了能够欣赏到、捕捉到、感受到、连接到景色怡人的那份感觉。即便是你身处仙境里，头脑里不停跳出的各种思想也会牵绊你，牢牢地抓住你。那个思想有可能是，你喜欢的那个人，此刻他还不在你的身边，你觉得此刻自己不够完整，有缺失，你觉得似乎此时此刻你还不是你，如果顺着这个思想链条走下去，你会越来越把自己拉向负向的一端，越想越失落，越想越惆怅，越想越挣扎，越想越混乱。那个思想也有可能是，别人欠了你一笔钱，还没还给你，你感觉到了不完整，有缺失，所以你体会不到当下的美好，或者说你就会错失当下的美好，或者说你认为当下这里还不是你。那个思想也可能是，你还有一个目标没有达成，你还不是完整的，你还不足够好，达成之后你才是完整的完美的。

你看，诸如此类的思想把我们带离了当下，总是有一个声音在告诉我们，当下还不好，当下还不是我们，我们在哪里呢？在过去已经发生的记忆里，或者在未来未发生的虚幻里，仿佛告诉我们，未来的那个饼才是最好的，现在出现的这个是不好的。头脑里的思想不停地靠这个把我们拽离了当下，如果你有觉察，活在这个世界上，拥有这个身体，最大的真相就是，我们只能在此时此地此刻活着。这太重要了，亲爱的读者朋友们，让我们停留在此重复一遍，意味着，活在这个世界上，拥有这个身体，最大的真相就是，我们只能在此时此地此刻活着。是的，我们只能在此时此地此刻体验生活的点点滴滴，错过当下就错失了这一刻的生命，这个就是真正的我们。任人是谁，无论是一名新生的婴儿宝宝，还是总统，还是首富，还是明星，还是你，还是我，都只能拥有当下，活在当下，没有人可以跳脱到未来，也没有人可以跳脱到过去，所以，未来和过去是什么，是存在于头脑思想中的幻想，一种幻象，并不是真实存在的。

当你能看清这个的时候，你就会觉察把自己带回当下，这个时候你才能闻见花香，听到鸟叫，感受到微风，闻到草地的清香，享受到暖阳，感受到双脚踩在大地上的感觉，感到轻盈、轻松、自在，内心生发出了喜悦、和平和满足之感。

是的，也许你会说，这有什么用呀？

我的目标确实还没有达成啊，欠我的钱还没回来啊，我喜欢的那个人确实不在我的身边呀，等等。是的，你越让自己陷入执着于对当下的否认和不完整里，你就越错失当下，你就会越来越多地感受到混乱、挣扎、纠缠和不开心。当你去看，你的目标达成，欠你的钱回来了，你喜欢的人在你身边，这一切的愿望实现为的是什么？答案一定是为了带给你开心与喜悦的好感觉。然而，当你能够暂时放下这些，把自己所有的感官凝聚在当下，带回到当下的时候，你就会在当下的拥有里直接体会到一种圆满和喜悦，那里没有混乱、对抗和挣扎。这时，你已经处在开心喜悦的好感觉里了，不用非执着着、等待着、盼望着你的一个个愿望实现以后才允许自己开心喜悦。要知道，可能会实现，也可能不会实现，无论实现与否，那个执着与期盼都把你狠狠地拽离了真真切切的当下，这完全是一种对生命真相的错失。

而随着你更多地体会到当下的美妙，你便会越来越多地释放掉"让自己只活在过去或者只活在未来"这个无意识无觉知的行为里，你会觉得没有什么比好好活好当下更重要的了，于是就会释放得越来越多。同时，你也会减少积攒和囤积，更愿意把宝贵的生命倾注在奉献在每一个全新的一天，每一个全新的当下。

这样的话，你也会发现，所谓的那个纠缠、困扰、问题，慢慢地自动就消失了，有可能就是自然而然自动地脱落了，不再阻碍你、困扰你；有可能更加适合你的人、事、物，令你更加开心的人、事、物就出现了。

如果无法让自己活在当下，你就愿意活在头脑对过去发生的人、事、物的执念和纠缠，以及对未来的恐惧担忧中的话，那你就会不停地给自己制造各种混乱、各种纠结、各种纠缠、各种不满足、各种受害者剧情、各种对生活的不如意。你只需要看到一个真相和真理，未来也是由无数个当下组成的，或者换一种说法，根本没有未来，有的只是每一个当下。

在真相里，并不是那些所谓的问题消失了，而是不再像钩子那样能钩住你了，是你提升自己去到了更高的维度看待生命、理解生活，因此你不再把它们解读为问题。自然地，你愿意臣服当下，选择活在当下。

## 谁是自己最好的风水

　　文中我分享过很多关于提升自我觉察方面的文章，此篇专为觉察表情而来。

　　每个人笑起来都是很好看的，是非常绽放的，充满着无限的喜悦，这个完全与年龄无关，并且可以轻而易举做到。然而在生活中我看到人们习惯性地处于面部表情无觉知、无觉察的状态。这种状态是非常普遍和常见的，无论是在街上、在工作中、在车上、在飞机上、在跳舞中、在家中等等，就会习惯性地让凝重、沉重的表情占据脸庞，或者喜欢深锁眉头，或者喜欢拉着脸，只有遇到被自己事先预设好定义为开心的事情，或者见到熟悉的人才会微笑，然后面部表情继续处于无觉知无觉察的状态。当然我更相信，大家一定不喜欢这样的表情，只是忘记了时刻觉察自己的表情，从来也没有人教我们要去觉察它，身边的人也都是这样做的，久而久之，便忘记让它微笑，令它舒展。即便是面对亲人、家人也时常是一种麻木表情或者是无表情。

　　每个人的面部是最直接展现我们与外界交流的表达，所以，当时常觉察自己表情的时候，你立即就会把它带到舒展、轻松、上扬、愉悦、微笑的状态，而这又是非常非常简单、轻而易举、每个人都能拥有和做到的。

　　我无觉察无意识的时候，也会掉入表情的捆绑中，而现在的我每时每刻很轻松地就觉察到它，或者它早已成为我的习惯，或者它也已成为我的肌肉记忆，所以，我的表情总是轻松、上扬、喜悦的，这是非常轻而易举、简单，同时又百分之百掌握在每个人手里的一个无价的动作。

　　都说笑容是最好的风水，所以，每个人都值得拥有最好的风水，因为我们就是自己最好的风水。

## 定期清理自己的负面思想和情绪是很重要的

　　我要拷入一些音乐文件到手机里，但被提示空间内存受限，所以，今天我就清理了手机的内存，腾出了很多空间，清理和空间的释放几乎是同时存在的，瞬间就释放出了大量的空间供我使用。

　　这件事给了我很大的启发，让我看到我们的生命、我们的人生和手机是一样的。我们在持续地装入各种各样的负面思想，在我们无觉知无觉察的情况下便会一直携带着它，毫无疑问，随着年岁的增长，便会让生活出现各种的卡点、逆流、困扰、对抗和混乱。然而通过自己的学习和成长，我们极大地提升了自己的觉察力，会意识到觉察到它，这就是非常非常大的进步。只有当人们觉察到思想中存许的旧有的大量负面信念系统的时候，才会有意愿清理释放它，当被清理释放以后，自然而然我们就变得很轻盈，不再像往常那样容易被它像钩子一样紧紧地钩住。

　　比如前篇《放下对太阳的恐惧》讲过，如果我们内在没有对太阳的恐惧、对抗、评判的思想，那么晒太阳这件事情就不会钩住我们，就不会成为障碍，你会自然而然地喜欢阳光，接受阳光，享受温暖的阳光，汲取阳光里的营养和精髓。

　　现在的我如此轻盈、轻松、简单、幸福、开心、喜悦，完全得益于我持续不断地清理释放了旧有的限制性负面信念系统，所以，在生活中我完全就处在一种全新里，一种轻松顺流，开心喜悦的状态里。一件事情发生了，不会再去对抗否认它，只会看向它正面美好积极的一端，视它为礼物，所以我总在每一天里真切地看到，今天是全新的，我是全新的，我没有理由不让自己活得开心快乐。定期清理自己的负面思想和情绪，是多么宝贵的一课，而它的关键和技巧却如此简单，就是觉察，保持高度的自我觉察，觉察到自己有哪些负面信念思想，当你觉察到它的时候，实际上，你就会释放掉它。

比如如果你有一个信念系统告诉你说，我不会跳舞，我身体很僵硬，我没学过舞蹈，那跳舞这件事情在你身上就不会发生。我就是活生生的例子，曾经我就是这样认为自己的，随着成长与提升，我释放了这样的限制性负面信念系统，才发现原来我跳舞跳得那么好，我的身体如此柔软，灵动。再比如，我不会写作，也从来没有写过，当你有这样的限制性信念系统的时候，那写作这件事情在你身上就不会发生，然而，我没有这样的限制性信念思想，只是跟随内在的指引告诉我，我去做它，写作便轻而易举地呈现了。如果你的负面限制性信念思想说，我不会带孩子，我带不好孩子，我和孩子相处总是会有情绪，会想纠正他，如果你有这样的负面信念思想，那你就会在生活里创造这样的现实和场景来让你体验。

所以说，成长的重要性是帮助我们开始认识自己，觉察自己有哪些旧有的钩住我们的负面信念思想，这一步是非常关键的。当能做到这一步的时候，紧接着便会选择逐一释放清理它们，活出全新轻盈绽放的人生便是水到渠成的事。

# 宝宝招蚊子

这个话题想必大家非常熟悉。夏天，尤其在小区里或公园里，经常听到大人说：别去那里，有蚊子；天黑了，有蚊子；离那个地方远一点，有蚊子；你看，又被蚊子咬了是不是呀；哦，讨厌的蚊子，我们打它等等，非常热衷这个话题，反复地讨论、议论。同时家长也会给宝宝贴防蚊贴，戴防蚊手环之类的，或者拿着扇子不停地扇，总之就是对蚊子有很大的戒备、敌意，看见它就要消灭它。

这里分享的重点是，如果大家感兴趣，推荐阅读《语言的魔力》一书，当我们没有意识没有觉察的时候，我们所说的话就直接在创造我们的人生，我们反复地这样说，就在持续地倍增这样的现象发生，你说得越多它就越加速裂变。

一个很好的例子，千寻宝宝似乎从来不招蚊子，可能你会说，是他这个血型不招蚊虫叮咬。可是我想告诉你的真相是，这是一个很强大的顽固的信念系统，事实上，我从不关注蚊虫叮咬，我也不聚焦蚊虫叮咬，我也不反复强调和放大蚊虫叮咬，我也不刻意去寻找哪里不能去，蚊子太多；一楼不能住，蚊子太多。你看，在我的信念思想里没有这些，所以千寻宝宝身上就不存在这样的现象。我家住在一楼，同时，阳台是敞开式的，客厅推拉门一出去就是开放阳台，阳台走出去就是一个很大的花园，可想而知，很多人会认为这样的环境会有很多蚊子，然而我完全不关注有没有蚊子，无论在我家还是在小区还是在户外，就完全不会创造出"宝宝招蚊子"的现象。你会说，怎么可能，肯定会有。是的，我不否认会有，那也是极少数的情况，但是由于我不关注它，我不放大它，我不敌视它，我不对抗它，它对我就产生不了丝毫困扰。

再举个例子，有有姐姐小时候几乎是姥姥带大的，姥姥和我的做法恰恰相反，会不停地关注她被蚊子咬了，不停地关注蚊子今天咬了几个包，不停地在跟蚊子较劲对抗，不停地确认有有姐姐就是特别爱招蚊子，不停地指责蚊子。在有有姐姐面前总会说，这个讨厌的蚊子，又咬了一个包；哎呀，这个讨厌的蚊子怎么就喜欢咬你呢诸如此类。很有趣的是，久而久之有有姐姐就会主动迎合姥姥这样的说辞，或者说是无意识地引导和强化，有有姐姐被蚊子咬了就会主动地说："姥姥姥姥，你看，这里又被蚊子咬了；你看，那里又被蚊子咬了。"记忆中，在她六岁之前，每年夏天，胳膊和双腿就会有很多蚊虫叮咬留下的红疙瘩，很多都挠破了，皮肤因此显得很不光滑。之后，她上小学，先生和我亲自抚养有有姐姐，我会高度地觉察自己的所说、所听、所关注，在蚊子叮咬这件事情上，我从来不过多地给予关注，也不会放大它，也不再对它产生敌意，有有姐姐胳膊和腿上的红疙瘩就会有很明显的好转。虽然还会有蚊虫叮咬的痕迹，但我就会和她说，哇，你现在的皮肤越来越好了，摸上去好光滑呀。经过这样一段时间的关注和确认，有有姐姐也发现皮肤确实变得好多了。第二年夏天，情况比第一年夏天更好，我又会再次确认她的皮肤光滑，哇，你现在的皮肤真的太好了，不但越来越白，还越来越光滑了，又白又嫩，一个疙瘩都没有，我不仅这样表达，还会忍不住配合着用手去抚摸她光滑的小腿和胳膊。她也觉得，就是，有时候还会主动和我说，她的皮肤很好很光滑，她都不招蚊子了。直到小学四年级，她的双腿和胳膊一夏天都是非常洁净光滑的，真的就没有蚊虫叮咬的现象了。

这两个例子也给了我莫大的启发，就是宝宝招蚊子，这也是一个顽固的负面信念系统，如果你不刻意地关注它，你不聚焦它，你不对抗它，你不对蚊子产生那么强烈的敌意，实际上，孩子们包括我们自己就不会在这件事情上产生过度困扰。

## 带孩子不只是带孩子，更多的是与孩子建立一种连接

在第一次与千寻宝宝分离的十多天里，他由姥姥姥爷照看。在这期间，姥姥姥爷是全身心地照看着千寻宝宝，每天都带他出去玩，会精心地照顾他，我也特别放心。姥姥姥爷也因此过得更加充实，非常开心，照片里可以看出，他们脸上时刻都洋溢着喜悦的笑容，而千寻宝宝的笑容似乎要少一些，必定他也在自我调整适应当中，这是他第一次与我短暂的分离，这也让我觉察到，带孩子不只是带孩子，更要建立那种与孩子的连接，要怎么形容这份连接呢？

举个例子，他在玩某件玩具，正在兴头上，如果姥姥姥爷是出于"我想我认为"觉得这个玩具不好，给他拿掉，换一个玩具，千寻宝宝就会不愿意，就会哭闹。通常这个时候姥爷就不容易看出宝宝的内心感受，他会觉得我给你一个更好的，怎么反倒哭起来了；同时，也难以顾及孩子的感受，内心又出于想尽快哄好他，便会打趣说，哎呀哎呀，怎么不乖了呀。当然，姥爷这样说并没有恶意或者有情绪，这一点大家不要误解，我们这里探讨的是如何与孩子建立深层的内在连接。姥爷的做法是他能做出的最好的做法，他给出了他能给出的所有，因为他小时候在抚养者那里得到的就是这样的互动模式，所以他只能给出他拥有的，这种表现模式就是一种常见的人们无法读懂孩子内心的那种感觉。他无法建

立与孩子的连接，具体来说就是那个期间宝宝正在专注地探索着他的玩具，这个时候是不愿意被外界贸然打扰、打断他与玩具的探索与连接的，或者说被突然阻断，阻断他与玩具之间的那份专注、临在和连接。如果家长能够连接到孩子的内心世界，在这种情况下，就会选择默默用心专注地陪着即可，几乎无须语言的交流，只是陪着他，看着他专注地享受那些玩具，这就是最高品质的陪伴，也是在与宝宝百分之百地连接。

连接可以达到一种很高的境界，那就是共情。你能够感受到他，同时孩子也能完完全全感受到你给他的关注，你与他的连接，即使他没有看你，他也能感知得到，这份连接是一种强大的共情、融入、被看见、被允许、被接纳，更是建立孩子安全感的一个很重要的渠道。如果我们能和孩子建立很好的连接，那么带孩子就是一件轻而易举，并且令人身心愉悦的事情。

你看，这里并不是要表达，姥姥姥爷带得不好，我带得更好，不是这样的，大家不要错误地去解读。姥姥姥爷尽他们最大的努力，对孩子给予了最大的、最满的爱，做了他们能做的最好的陪伴。然而，抚养者与宝宝之间的那份连接，那份爱的连接，爱的交融是无形的，它是内在心与心的共振，表象上看不出端倪，而爱的共振与连接却是滋养孩子的心灵，建立孩子完整人格不可或缺的重要部分。每个爸爸妈妈与抚养者只要用心，都能走进孩子的世界，都能读懂孩子，都能与孩子建立非常良好的共情，能感受到那种强大的一体意识，在那里无须更多的语言。比如说，同样上述的情景，姥爷读不懂孩子的内心，无法建立那种连接时，他会想方设法去和孩子说话，更多会停留在语言层面。当孩子有反应的时候，比如说有情绪或者哭闹，姥爷就很难读懂这背后的真实原因，他会很表象地反复问，怎么哭了，怎么不乖了。这就是无法与孩子建立良好连接的一个很常见的表达。

同时，关于这个，我要补充一点，避免在这方面引起不必要的误会。实际上我能够很清晰地看到，我的爸爸妈妈在帮我抚养千寻宝宝的短暂时间里，倾注了他们能给予的最大的、最好的、最满的爱，这个是毋庸置疑的，所以，我也不会去置疑，不会去评判，更不会去纠正，强迫他们要按我的理解和我能给予的爱去给予去做。我在《嘘！你是无限的》一书《姥姥带千寻宝宝》文中也有类似的分享。如果我强迫他们、试图纠正他们的话，那就适得其反了，我是在对抗他们，否认他们，不接纳他们，这就会让爱的能量反转，也会将家庭置于不和谐和争吵的混乱当中。

我永远只选择去做我能做到的最好，也永远不会有试图去改造控制否认对方的念头，无论对方是我的伴侣还是父母，还是子女，还是亲朋好友。

在我与千寻宝宝的相处过程里，我能给到千寻宝宝最大的、最好的、最满的爱就是纯粹的无条件的爱。我能感知到他的感知，是基于我与他的那份连接，在这份全然的无条件爱的连接里，他全然地沐浴在这份纯粹的无条件爱的连接里，他就会感觉到很安全，他就会感受到完全地被接纳，被允许，以致他的内心发展是强健的稳健的。表现在，他总是敢于并乐于尝试去与外界接触，更敢于尝试去探索、去创新，他会在他的那份探索里，越来越多地得到灵感上的激发，会越来越多地展现他的创造才华。在爱与自由的养育环境下，久而久之，他发展出了强大的内核，即适应力、生存能力、创造能力，以及拥有开心、喜悦、满足和安全感。

## 不执着是孩子的天性

不执着是孩子的天性，或者说是人类的天性。与千寻宝宝分开将近半个月的时间，也是第一次与他分离，我并没有投射给他任何的担忧和焦虑，比如担心他吃不好睡不好，不适应姥姥的照料习惯等等。相反，我接纳不能与他在一起的事实，我把自己的生活照顾得妥妥当当，让自己时刻处在开心喜悦的能量中，事实上，孩子与妈妈天然的脐带连接会让千寻宝宝感受到千里之外的妈妈过得很好，很开心很喜悦，他也会共振到妈妈的那份开心与喜悦。

同时，我也清晰地知晓，这期间，我的爸爸妈妈会倾注他们全部的爱给予宝宝，因此，我全然地信任、交托、允许他们依照他们的方式照料宝宝。宝宝被照顾得出奇地好，吃得好，睡得好，活力十足，神采奕奕。

我并不担心或投射，他会不会不习惯呀，会不会不适应呀，会不会想我呀等等，事实上，他的适应性非常好，这并非是他的适应性好，而是人类本就拥有强大的适应性这一天然属性，在"允许"的土壤里，就会生根发芽，茁壮成长。这也让我看到，不执着是孩子的天性，或者说是人类的天性，他不会在他熟悉的人、事、物里纠缠着自己，也不会否认出现在他生命里的改变，他做的便是允许并接纳改变的发生，让自己以远超过百分之百的热情和兴奋投入在这个新的环境里。很快，他就在新的境遇里找到了属于他的乐趣和喜悦，可能是提一只塑料桶，乐此不疲地提起来又放下，试着从这头提到那头；可能是看着姥爷钓来的鱼在水池里翻滚；可能是看着一只乌龟在地上慢悠悠地爬行。总之，他的兴奋与好奇会促使他与那个当下的发生保持紧密的连接，在那份连接里持续不断地收获着新的乐趣、新的兴奋、新的喜悦、新的满足。

但凡他有丁点的对过去的执着，他就会紧紧地抓着过去不放，便会让自己掉入抱怨、对抗、评判的黑暗里，苦苦挣扎。他会在他的世界里看到感受到，他生活得多么糟糕，真是个坏妈妈，为什么丢下了我；这是什么破地方，没有我家里舒服；没有玩具，我不开心；姥姥抱得不如妈妈舒服；没有浴缸，洗澡不方便；有有姐姐也不在我身边，一点儿也不热闹；路边好吵闹，还有灰尘；我是不是做错了什么，爸爸妈妈是不是不要我了；什么时候爸爸妈妈才能来接我，等等，诸如此类。

没有，他丝毫没有对新事物的不接纳和对抗，也丝毫没有对过去旧有习惯的执着或抓取。当然，你也许会说，他有，他不会说呀。是的，当你说他有的时候，不是他有，而是你的内心有。当你内心有的时候，你就不允许自己活在全新的当下，你也无法活在全新的当下，所以，你就看不到全新当下里的与众不同和美好。全新的当下意味着此时此刻你拥有的，意味着此时此刻你所在的地方，全新的当下意味着新的开端，新的开始，是新的"因"，你要放入什么到新的"因"里，这是很关键的。你要的"结果"取决于你放入的"因"，意味着你可以不执着于过去的发生，不把旧有的发生带入到全新的当下，意味着你可以在全新的当下去创造你想要的生活体验。去觉察，你放入的是对抗、抱怨、指责、评判、

否认呢，还是允许、接纳，转身看到新境遇里的美好与奇迹、开心与喜悦呢。所有你放入的就会变成你要体验的。

## 你就是孩子最好的玩具

有本书就叫《你就是孩子最好的玩具》，从字面上可以解读到这是一本引导家长与孩子互动的书籍，应该是充满乐趣的。

在陪伴千寻宝宝成长的过程中，我充分地感受到"你就是孩子最好的玩具"，同样地，孩子也是你最好的玩具。就像今天，我骑着自行车载着他在小区里转圈，在附近的街道转圈，他兴奋不已。我也兴奋得像个孩子，仿佛找到了小时候学会骑自行车的那种兴奋、好奇与快乐。

我并不知道要买一辆自行车载着他去玩，是他的行为诱发了这我样的想法。起初，在小区里散步，他看到电动车车棚里有固定在电动车上的宝宝座椅，就表现得很好奇，爱不释手，坐上去不愿意下来，这个坐坐那个坐坐。经过几次反复，我意识到他喜欢，便突发奇想，何不买辆自行车，自行车座上可以加个宝宝座椅，这样我边骑车边带他兜风，我也得到了很好的身体锻炼，真是一举多得的好事情。所以，就有了今天这样非常精彩美妙的体验。

选车的时候，我特意选择了一款小巧轻便并且可以在前面的斜梁上固定宝宝座椅的自行车，因为我感觉他坐在前方，视线会更加宽广通透。事实也就是这样，当我俩一起享受这辆自行车的时候，总是充满了无限的喜悦和乐趣，他坐在前面，双手拍打着扶手以示他的兴奋，我慢慢地骑着，他好奇地摸摸扶手，摸摸铃铛，摸摸车把，两只脚悠闲地踏在踏板上。

我说，妈妈现在开始加速喽，就带着他往前俯冲，他就咯咯咯地笑，骑到空旷的地方，我会加大左右摇摆的幅度，别看他还很小，但他的身体完全会自主地随着摇摆的幅度倾斜，并贴近我的身体，那种默契是无法用语言来描述的，是自然而然的一种发生。到了十字路口，绿灯放行过马路时，他看到车水马龙同时启动，更是兴奋不已，几乎是尖叫着，直立地踩在脚踏板上挥舞双手。在向路面的这份热闹宣告，他也是热闹中的一员。我由衷地感受到，我就是孩子最好的玩具，孩子也是我最好的玩具。

秋日的街头，阳光透过微风洒在身上暖暖的，带着他漫步在街头小巷，沐浴在阳光下，穿过树荫，路过草地，享受自然的街头风景，拾秋日里的落叶飘零，这些都是我们乐趣的组成部分，对生活充满热情与兴奋的组成部分。这份喜悦于我而言，完全不亚于我在儿时学会骑自行车时的那份满足与喜悦，也不亚于我在事业上完成全年目标时的那份喜悦与满足，于千寻宝宝而言更是如此。

车子刚推出单元门，他就乐得合不拢嘴，游玩一圈回到单元门口，他依然乐得合不拢嘴，如此满足如此绽放的喜悦，感染着路过的邻居，邻居说："哎呀，这孩子咋这么开心呀，像中了彩票一样。"哈哈哈，是的，就是这么开心，像中了彩票一样的开心。

## 哪个时期的宝宝最好带

千寻宝宝走路已经比较稳健了，他手抓着婴儿车的扶手，我稍微给点力，他就能自如地行走在大地上。看得出他非常欣喜，非常开心，喜欢独立行走带给自己的更大更多的自由。

这期间，总是有很多人在和我交流的时候会说，这个时候的宝宝最难带了，一会儿往左，一会儿往右，一会儿去这里，一会儿去那里，非常会拾掇人，所以带他会很辛苦的。这是一个特别常见，并且特别普遍的说法。

事实上，我内心没有这样的信念系统。正因为我没有这样的信念系统，所以从千寻宝宝出生至今，我带他都觉得很轻松、很享受。所以，觉察你给自己带来了什么先入为主的思想和信念系统，这个是非常非常关键的，因为是思想在先，思想会把你拽到那个与之匹配的结果上。如果非要说，从他出生至今，哪个阶段更好带，我反而觉得是他会走路后，这期间我似乎更自由。比如说，早上起床，收拾好他，他可以坐在垫子上玩玩具，沉浸在他的玩具里很长一段时间，这个时间我就很自由，可以有充足的时间给家人做早餐，如果是更小的时候，反而需要我一刻不离手地照看好他。

所以，这个让我意识到，不同的阶段，他的呈现和表现是完全不一样的，这是非常正常的现象。首先从思想上就看待他是正常的发育现象，本身这也是非常正常的状态，接纳这个正常现象。其次，习惯性地看到正向、美好、积极的那一端，这个绝对是可训练可选择的行为，一旦我们的思想习惯性地去看正向、美好、积极、好的那一面，令我们舒服的那一面时，我向你保证你会越来越多地发现，那个美好的部分在放大、在裂变、在倍增。重要的是，相反的一面也是一样的，如果你跟随人们旧有的惯性思想，你就会习惯性地看到，哇，他一会儿去这里，一会儿去那里，好累呀，好麻烦呀；哇，这个点了，还不睡觉，怎么搞的，好累呀；哇，这个玩具还没玩一会儿就丢地上了，老是要让人去捡，好累呀；等等，诸如此类。是一样的，你聚焦在那里，并且你定义那些行为是不好的，你就在裂变放大那个不好、让你不舒服的部分，你要做的是，转个方向，去看到发生在他身上好的事情，去关注那个，去放大那个，那同样地，那些好的方面自然就会裂变倍增，就会来滋养你。

比如说，我家单元门口的无障碍通道带一个缓缓的斜坡，千寻宝宝就会推着婴儿车走下去再走上来，走下去再走上来，就这一小段的距离，他能体验十几二十趟，乐此不疲。这期间，我就很轻松啊，只是照看好他，他扶着婴儿车，他就会自己玩得很好，我真的就很轻松。再比如说，有时候你抱着他，他专注地在看一个路灯或者一个高耸的摄像头，他专注地在看，你就陪着他专注地看，你都能听到他平和而均匀的呼吸声，很安宁，你也感觉到了，你被宝宝散发的这种纯真的爱与和平的能量所笼罩，你感觉到浑身都很舒服，一种极度的放松与和平的感觉。再比如，你不经意地逗他，他咯咯地笑，笑个不停，你感受到，哇，如此充满活力，你的生命立即被感染、被点亮，身心得到了极大的滋养。

千寻宝宝小时候睡眠很多，我是在他睡觉的时候才有更多的自由，而现在呢，他可以自己坐在垫子上玩玩具，我可以在这个时间里洗漱、做饭等，这是另外一种自由。就像小时候，他醒来以后，需要抱着他，而现在呢，他想要多走路，你不需要抱他那么多。这是不同的自由，是他发展到不同阶段带来的不同乐趣和自由。无法单一地去界定，哪个时期好带、哪个时期不好带，一旦你头脑先入为主地去认为、去信任那样的思想和信念系统，那你就会受困于那个思想和信念系统，比如你觉得他现在学走路，带他很累腰，那你就会很累腰；如果你没有这个信念系统，那你就不会感觉到累腰。

时刻去觉察你的关注点，把它聚焦到开心、美好、积极、正向的那一面，这些统统都是滋养你的。

## 享受食物的祝福

享受食物的祝福，像孩子一样吃东西，你吃进去的食物百分之百都会转化为非常好的能量来滋养你的身体。

我无数次地观察千寻宝宝吃东西的过程，确切地说他是在极度地享受食物，不是某一顿他极度认真地享受，而且每一天的每一顿他都是极度认真地在对待、在享受。每每，他都涌现出对食物极大的热忱，在吃到食物之前他就表现出对食物的极度渴望和热情，渴望去得到那个食物，品尝到那个食物，拥有那个食物。从吃下去的第一口开始，他就停不住地从心底流淌出满足和享受的声音，这是一种连绵不断的赞叹。那种喜悦，那种对食物的极度热爱，从他口中发出的"嗯～啊，嗯～啊，嗯～啊，嗯～啊"声中呈现，全部的表达就是，太好吃了，太美味了，我太享受了，怎么这么好吃啊，啊，好享受啊，每一口都是享受，一直到那个食物吃完为止，全程都是这样的表现。我完全被他感染，原来享受食物是这样的，就能共情到孩子的当下与纯粹，以及那份他百分之百与食物的美好关系和美妙连接。我相信不只千寻宝宝是这样的，这是我们每个人孩童时期天生就拥有的与食物的美好感情与美妙联结。

同样的道理，无论我们长到多大，吃食物的时候，我们表现的是对食物的渴望，想得到，想品尝，想享受它，我们真的带着满满的热忱去品尝那个食物的时候，食物就会来滋养供养我们的身体。然而，不可取不建议的做法是，你在吃到它之前就开始评判食物，太辣了，太咸了，不好吃，没有另一家的好吃，没有上一次的好吃，太凉了，太烫了等等。但是，你却依然把它吃下去了。在你评判食物之前，你可以选择不吃它，你可以选择换一种你身体想吃的，你享受的你喜欢的食物，可是，你不但没有停止评判，还把食物连同你的评判一起吃下去了，这样的食物，它就带着一股敌对的破坏性能量，换句话说，我们吃下去了食物也一并吃下去了对食物的评判，把对食物的对抗、怨恨、指责、抱怨、评判的情绪也一并吃下去了。

觉察你是怎样吃食物的，便能唤醒并忆起你与食物的美好感情与美妙连接。你就会知道什么食物是你身体真正喜爱的，什么食物是别人说好吃你并不那么喜欢的，永远听从自己的身体，去吃令你身体感觉好的食物。

## 任何时候舒服都是最好的

断、舍、离是生活中我乐于践行的一种生活习惯，事实证明这是很重要的，就像每天都要从垃圾桶里向外丢垃圾是一样的。

然而，日常居家生活产生的垃圾，我们都会有绝对的意识和意愿干脆利落地随手丢弃，而涉及比日常生活垃圾大一些的根本派不上用场却一直侵占家里空间的东西，反而没有意识、没有意愿主动选择放手丢弃。出于不舍或者总想着万一哪一天用得着，就这么放着，一放就是三年五年或者更长时间，而真到万一用得着的那一天来临时，由于搁置太久而找不到放在哪里了。闲置衣物也如此。再大一些的物品就会更加有过之而无不及，这些大一些的物品可能是不用了的床品、家具、电器、餐具、花卉绿植等等，似乎就没想过要去丢弃，加之，这些大的物品在丢弃时还存在着搬运腾挪不方便的因素，就更不会轻易去丢弃了。

首先，我们从小到大接受的教导都是要勤俭节约，杜绝浪费。有了这样的信念系统打底，人人都不想因为把闲置的物品轻易丢弃而让自己背负上浪费的罪名并产生内疚和自责。随着时间的推移，又在持续不断地买入新的物品，所以，家就被各种东西填满，散发出一种压抑、拥挤、混乱的感觉。

而我喜欢简单、简洁，崇尚少即是多的内在满足，看着家里处处整洁、空旷、清爽，感觉就是舒服，非常舒服。

以致我近期出售了一处自己不住却长期占有的房产，这座房子从买至今，我与先生都极少去。租户搬走后，家政公司仔细地打扫了那里，最后一次我去到房子里，认真地看看每个房间，由衷地感谢这套房子曾经属于我，并真心地祝福它找到新的会去住它、使用它、享受它的业主。无论站在客厅还是卧室，看着空空如也的房间，窗户擦拭得干净透亮，除了大白墙和光洁的地面，什么也没有，依然，我感受到了非常舒服的感觉，要怎样更加清晰地描述呢，那份舒服，与简陋挂不上钩，它彰显的是一种和平、轻盈、整洁、平衡的感觉，散发给人的就是一种莫名的"舒服"，就会让人心生喜悦美好的感觉。

请你不要误会，这是让你把家里的东西都处理掉，把家装都整成清水式的装修。不是的，核心根本不在于装修风格和装饰工艺上，可以是极其简单的装修，可以是各种奢华的宫廷式装修，它不取决于装修，而完全在于它散发给人的感觉是否舒服。

在我的家里我就能处处感受到这种舒服，我在《嘘！你是无限的》一书《极简生活的意义》中有描述家的场景。在物质极其丰盛的今天，一切都被提供得如此充足，并不需要囤积，并不需要占有，我们真的已经拥有太多，不需要更多了，不知不觉，极简的生活就贯穿了我的方方面面。如果你去我家，你会看到客厅只有一张沙发，没有茶几，没有电视柜，没有电视，每当看着空空的客厅我就感觉很舒服很顺畅。那一刻我真真切切地领悟了，少即是多，空即是满。家里装修的是法式洛可可宫廷风格，由于各个房间都携带着极简、少即是多的元素，我与先生对家中的物品会习惯性地定期进行断、舍、离，所以，家里处处散发着通透、清爽、和平、整洁的能量，这就是"舒服"，仿佛随时随地是给予主人无声的滋养，你也可以把它称为居家风水。

## 每一个角色都要是快乐的

能量是会扩散出去的，并吸引对等能量的人、事、物与之匹配和共舞。

负能量笼统来说意味着不开心、逆流，表现形式为生气、抱怨、指责、对抗、控制、嫉妒、评判等，负能量会吸引、裂变出更多负能量。

相反的一面也是一样的，正能量笼统来说意味着开心、顺流，表现形式为欣赏、赞美、爱心、祝福、感恩、笑容、拥抱、包容等，正能量会吸引裂变出更多正能量。

短暂的一生，我们会经历各种不同的阶段，扮演不同的角色，这些不同阶段、不同角色浓缩成了我们的一生。人们总是教导我们要好好学习，考个高分，成为重点、成为焦点才能赚大钱，才能开大公司，才是成功。就是在这样根深蒂固的信念系统灌输下，每个人渐渐失去开心快乐的本能，追逐越来越多的战利品成为集体意识的主流，却越过越不快乐。究其根本，是从来没有人教导我们要放入快乐的种子，而一味地强调机械麻木地追赶，以至于在痛苦、纠结、压抑、苦闷、不开心中过完了一生。

而如果我们在每个角色里都注入开心喜悦的能量，生命品质就会大不相同，就会权衡，如果一件事真的一点开心喜悦的成分都没有，那就可以选择不去做啊。地球其实像一个无比巨大、丰盛、富饶的自助餐厅，在那里不可能没有你喜欢的食物。所以，就不会逼迫自己硬着头皮去做你不喜欢的事情，强迫自己吞下不喜欢的食物，周而复始地在为自己创造一个又一个不开心的体验。

时刻要觉察并告诉自己，每个人亲手为自己创造的每一个体验正在编写着我们自己短暂的一生，所以，当然要选能让开心快乐的人、事、物、城市、生活，只有这样，你才会为自己短短的一生装满更多的开心快乐。

# 对脏的评判和抗拒

在千寻宝宝的成长过程里，我的抚养方式相对宽松、自由，对他的限制很少，促使他成长成了特别活泼、特别开心、特别敢于尝试愿意尝试新鲜事物，勇于探索的特质，这些素质在他身上有很明显的体现。

当他颤颤巍巍地在小区里散步时，我是紧随他的步伐和节奏的，他想去哪里，他对哪里好奇，我就跟着他去，这也让我一度感觉带孩子很轻松，我不主导牵制他控制他，而是跟随他的好奇和感觉，我要做的只是跟随。

经常会有这样的一幕，比如他对一个台阶感兴趣，就不停地上不停地下，我也跟着他不停地上不停地下；比如他对某个扶手栏杆感兴趣，他就抓着一个栏杆往另外一边一个接一个地迈过去，我也会允许他自在地体验这样的感受，而不会聚焦关注在栏杆扶手太脏了，你不要摸你不能碰。

再比如，他扶着一个长长的花台，从这边走到那边，再从那边走到这边，很多趟，乐此不疲，我会蹲在一头看着他，他开心地再咧着嘴朝我冲过来，我与他的喜悦之情难以言表。他的手和袖子就在花台上蹭来蹭去，难免沾灰，我也不会聚焦在花台太脏了，你不要去碰，你不能碰，我允许他去探索这种感受，探索这种独立行走。

再比如，有时候他会想触摸花花草草，我也不会关注花草太脏了，你不能碰。所以，诸如此类的，我给予他的更多是允许和自由。在我看来，他不可能生活在一个无菌的世界，同时，我的内在感觉也告诉我，他天然地与大自然接触和连接，大自然里充满着金、木、水、火、土等各种元素，这些元素是不会伤害到他的，前提是抚养者不要聚焦对抗否认这些大自然的天然元素，而赋予担忧、担心、恐惧、指责它们会伤害宝宝的身体，会带来疾病的时候，大自然的这些元素就不会伤害到我们的。正是这些大自然的元素组合在一起，源源不断地供养着整个人类，所以，我对这些一直是抱持开放、接纳、允许的态度。

我会在他回家后及时给他清洗手，及时清洗更换他的衣服就好了。处在现代这样物质丰盛的年代，洗衣服十分方便，洗衣机连洗带烘干一个多小时就可以处理得很好。所以，对于我来说，他的体验、探索是最重要的，也正因为此，在他身上，他拥有完美的健康，极少出现不舒服的症状，他身体特别皮实，特别健硕，性格非常开朗，特别活泼。

再比如，深秋季节，有时候会有一些风，伴随一些凉意，我也没有刻意地给他戴帽子，就让他自然地去感受天气的变化，反而他的适应性就更加灵活，适应得就更好。所以，就是允许他，信任生命的本能随时随地会照顾好每一个人。

## 你没有错过任何

如果你选择工作，放弃带孩子，认为把时间精力放在带孩子上就会错过很多事业发展的机会，你这样认为，就会给自己这样的定义。相反的，如果你不认为带孩子就是错过了事业机会，那么你在带孩子的每分每秒都在收获孩子的成长和快乐。

你看，没有人跟我们探讨过这样一个话题，那我们就来探讨一下。选择工作，在事业上打拼，赚取更多的金钱，终极的目标是什么，概括一下人们的答案，一定是为了让自己开心、快乐、感觉好、自由、实现价值。同样地，如果不赋予我们错过工作就错过了开心快乐、就错过了实现自我价值的定义，那在与孩子的相处过程中，我们反而每时每刻、随时随地都已经收获到了很多的开心快乐与喜悦。就好像，一个状态是等待在未来某一天达成什么样的高度才会得到短暂的开心快乐；一个状态是已经活在开心快乐的好感觉里，已经是了，已经在了。

所以，真相是什么呀，亲爱的读者朋友们，真相是，你没有错过任何的东西，如果你觉得你错过了，那是你头脑中的信念系统赋予定义认为你错过了，而这个定义是完全可以改变的。

就像我现在跟孩子的相处过程中，一言一行中，我真的都在收获那份极大的开心喜悦和满足，这完全不亚于我在工作事业方面收获的开心喜悦与满足，以及自我价值。

　　所以，跟随生命状态的呈现而呈现自己，反而是一条轻而易举实现开心喜悦和价值的轻松之路。

# 在人们的表情中我收获到的

有段时间，我非常喜欢关注人们的表情，无论我是在跳舞，还是走在街上，还是在商场，还是在银行，还是在工作中，还是在家里，都会看到成年人不自觉地浮现出严肃、凝重、沉重、麻木的表情。很明显，包括在舞蹈课程里，那是一个很愉悦的场合，但人们也有同样的表情。

我没有评判，也没有对抗，也没有否认，我看到的这一切，在这么多的表情里我反而收获到了无价的珍宝，那就是，我不要那样子，我要让自己活得开心、愉悦、轻松，我的表情我做主，我的表情应该呈现出轻松、舒展、喜悦，是上扬的、是绽放的、是有爱的。所以，我就收获了这份珍贵的礼物，为此我感到很开心，很喜悦，深深地感恩人们给我的付出，就好像时刻在提醒我，此刻是全新的，今天是全新的，你想让自己的表情呈现成什么样子，你就可以。就是这种感觉。

所以，从那一刻起，我就完完全全地在践行，在做到这个细节。而不可思议的是，一段时间以后，很多人见到我都说，哇，你简直变了一个人，你变年轻了，你变得好轻盈、好愉悦、好有活力。是的，这真的很简单，然而它真的很有效。

我不需要给自己浓妆、整形，就是通过这样一个小小的觉察、觉知，然后每时每刻带着觉察去践行，真的就改变了我的整个状态，我如此热爱那样的自己，喜欢那样的自己。

## 不是必须通过金钱才能获得开心与满足

我想带千寻宝宝共同体验都市的公交，说走就走，家门口不远处就是站台，并没有确切的目的地，只是想漫无目的地在城市的大街小巷穿行兜风。我们选了一趟想坐的车就上去了，车子很干净，乘客不多，轻松落座后，千寻宝宝便靠着我站在座椅边兴高采烈地看着窗外，大大的车窗展示了完整的视野，他看到闪烁的红绿灯很兴奋，看到城市清洁车正在工作更觉新奇，看见旗帜飘扬兴奋得都要尖叫了。车子走走停停，他也不忘和上车的人们开心地打招呼，毫不吝啬地给人们展示他的开心与兴奋、热情与美好。

走了很远一段路，才惊奇地发现原来这趟车会路过有有姐姐的学校，我二话没说便选择在这一站下车去学校。更美妙的是，刚到校门口，就听见清脆的下课铃响，我们顺利地见到了有有姐姐，非常开心地一起回家了。

我的人生体验了很多的不计划，就像今天这样，到头来发现不计划就是最好的计划。

不是必须通过金钱才能获得开心与满足。我知道我们从小接受的教育和思想都要求我们必须赚很多很多的钱，存很多很多的钱才有可能获得开心与满足，这是一个很深的信念系统。我不否认金钱会带给人们开心与满足，人们当然可以喜欢金钱，可这并不是唯一，如果把所有的开心与满足建立在要得到更多的金钱上，那就永远无法得到真正永久的开心与满足。因为头脑的信念系统会不停地告诉你，你拥有的还不够多，你不能开心，抱持这样的信念思想就会错失精彩美妙的人生。

一个微不足道的发生和体验让我和孩子们都收获了惊喜、开心与满足。这份喜悦的程度不亚于我曾经在职场巅峰统管一百二十万平方米的房地产综合体项目职业经理人的那份成就感与喜悦，不亚于我收获了一笔丰厚的奖金所带来的开心与满足，不亚于我带领团队超额完成了年度目标时的喜悦与兴奋，不亚于我签下大客户成交物业资产达到千万或上亿的开心与满足。我完完全全意识并领悟到，原来一直是人们的思想在主宰着开心快乐与否，和钱的多少没有关系，是先入为主的信念系统和思想一直在传递并灌输说，开心、快乐、幸福和钱的多少是画等号的，并坚定地认为那是唯一的真相。于是多少年来，人们就习惯性地用这一标准来限制自己的开心快乐程度，总觉得钱不够多，还需要更多，总让自己陷入焦虑、恐惧、不开心、不快乐的局面里，一旦陷入便很难自拔，在这种陷阱中蹉跎岁月。

然而，没有人愿意停下来看看这个先入为主的信念系统和思想到底是别人强加给我们的还是我们天生就有的。当你愿意停下来去看清这个真相的时候，不难发现，它不是你的，它来自别人的教导、教化和灌输，是没有力量的。真实的你都是从婴儿宝宝成长过来的，无论我们是一个宝宝还是一名儿童，还是青少年，本真的我们并没有把开心、快乐、幸福和金钱画等号，当没有携带这样信念的时候，我们总能够让自己随时随地活在开心、快乐、喜悦和满足里，总能感到幸福和满足。然而随着年岁的增长，开始越来越多地携带被灌输的教导，错误地认为，开心快乐等于你拥有多少金钱，即使达到那个金钱程度了，那个信念系统立即和你说，不不不，这还不够，比起谁谁谁还远远不够。殊不知，这是无止境的追寻模式，恰恰让我们丢失了快乐，人生变成了一种漫长而没有终点的等待，等待着某一天赚到了某个数额的金钱才允许自己开心快乐，于是就让自己活在这个巨大误解的信念中限制自己的人生。

真相是什么？真相是开心快乐每时每刻都围绕着我们，就像刚刚，一元钱坐公交让我和孩子们都真切地体会到了唾手可得的开心与快乐。

## 怎样感受到孩子给了你源源不断的爱

当他酣睡在你的臂弯，你看着他恬静而香甜的睡眠，不禁想温柔地捋捋他的头发，摸摸他的脸庞，他那温润如玉的肌肤透过你的掌心源源不断地给你发送着纯粹的无条件的爱，浸润着、柔软着、净化着你的心灵。

当他刚学会走路，你在离他一米远的地方张开双臂示意他走过来，眼睛看向他，告诉他他是安全的，他兴奋地迈着步伐朝你奔走过来时，洋溢出满脸的喜悦和自豪，你忍不住会在接住他的那一刻搂住亲吻他，这时，浓烈的源源不断的爱在你俩之间流淌。

当有有姐姐在陪伴弟弟逗弟弟玩乐，不时发出喜悦的欢笑时，站在一旁的你光看着就已完全被美好包围，你感受到孩子给了你世上最纯真的笑容和爱。

洗完澡你给他擦拭身体准备穿衣服，在你握住他肉嘟嘟的小手和胖乎乎的小脚时，给他抚摸身体，感受他浑身的柔嫩绵润时，你心生美好和喜悦，那是你感知到了他给出的源源不断的爱，所以，感受到内心的爱在流淌，在共振。

你看到他明亮清澈的眼神，纯真洁净的笑容，专注沉浸的神情，你感受到的就是爱在向你流淌。

你抱着他，专注地看着他时，他会用小手捧着你的脸专注地看着你，你感受到满满的爱在你身上流淌。

有时，他会把手指放到你的嘴里玩，放入又拿出来，再放入再拿出来，咯咯咯地笑，你感受到满满的爱在你心间流淌。

他还会在你抱起他来的那一刻，搂紧你，开心地贴着你的身体摇晃着蹭来蹭去。

还有哪些，我不知道，用心感受，你就会知道。他的爱如此广袤无垠，浩瀚无边，他爱春天途经田野里随风摇曳的花朵，也爱夏日里风吹过的阵阵清凉，他爱秋日里色彩斑斓的树叶，也爱冬日里皑皑白雪的洁净。对于他，他热爱每一个全新的一天，他吃的每一口食物，他的每一个笑容，一切的一切，他无法不爱，他就是爱。

并非只是我们作为父母、作为抚养者在给予孩子爱那么单一，并非只有这才是爱；用心感受，孩子每时每刻也在给予源源不断数不胜数的爱，令人心生无尽的美好，那是人世间最纯净的天堂。

## 共振别人的感受

对于别人的感受我们天生是能感应共振得到的，比如，一个人不开心有情绪，你们虽然没有进行交流，但你能明显感知得到。同样，一个人开心、喜悦、感觉好，在你们没有交流的情况下，你一样能清晰地感知到。

只是人们被教导更多的是要共振别人的负面情绪，并给予关注、关爱和同情，殊不知，在关注的同时，你到底是在做什么呢，你是在为对方的负面情绪按确认键，通过你这样的行为，就助长了对方的负面情绪；同时，还把这个负面情绪带给了自己，于你于他都没有任何好处。

在此分享的是，我们完全可以选择主动地去共振别人开心、快乐、喜悦的能量，给予关注和关爱。日本有一个著名的钟摆实验，三十二个小钟摆放在一起，实验开始时，手动让每个钟摆随机摆动，这时它们呈现的是无规律地左右摇摆，经过一两分钟的共振，神奇的是，所有的钟摆都整齐划一地自动调频到相同方向相同规律的摆动。不难看出，你共振到的是什么，你就会成为什么，所以，关注的共振点是非常重要的。

于我而言，早已习惯选择关注共振别人的开心、快乐、喜悦、感觉好的呈现。比如，看到有人晒漂亮的照片，我就感受到主人翁笑起来的那一刻是多么的开心喜悦，对这么精彩的照片非常满意并且内心感觉很好，立即，我共振到了那份美好，同时也把那份美好带给了自己。再比如，看到有人微信晒业绩，我就感受到对方的满足、喜悦与开心，那份内心感觉很好的能量和感受，真的就好像是我在晒这个骄人的业绩一样开心，我完全共振到了对方的开心喜悦，同时，我把这份开心、喜悦好感觉带给了自己。再比如，看到有人分享度假，我就感受到对方那份在路上的畅快自由与喜悦的感觉，就好像我在现场一样，立即我就感受到了那份畅快自由与喜悦的好感觉。我知道，是我共振到了对方的畅快自由与喜悦，并把这份畅快自由与喜悦的感觉带给了自己。

所以，要觉察，你是把不开心的负面情绪带给自己，喜欢评判否认别人，还是你为自己迎来的是开心、喜悦、感觉好呢，取决于你想共振到的点是什么。无论是"负面情绪"还是"开心、喜悦、感觉好"，这些就像硬币的两面，都是同时存在于每时每刻的，而选择权永远在你那里。

换个角度也可以说，这也可以检测你有多爱自己，如果爱自己的程度从一到十，越接近十越会做让自己开心、快乐、感觉好的事情和选择；相反，越接近一就越会被别人的负面情绪吸引，尽管出于安慰安抚，却放大倍增了别人的负面情绪，且无意识地将那份负面情绪带给自己却不自知。

这里必须澄清一个容易误解的点，那便是爱自己并非自私，世间的一切都是你自己要先拥有，你才能真正给出。例如，你没有钱你无法给出钱，你没有爱也无法给出爱，你说你给出了爱，真相上给出的都是打着"控制、为你好"旗号的爱，那不是爱，那是不接纳，否认，控制，想改造，以及"你是错的我是对的，你得听我的"。天底下没有人会喜欢这个，这会是一种令人窒息想逃离的感受，这不是爱。真爱，是允许，是自由，是接纳认可允许对方成为真实的自己。而前提是，你要接纳认可允许你自己，爱好你自己，你自己被爱填满了，你才能真正地爱别人，正所谓爱满自溢。那是份纯粹的无条件的爱，那份爱里是允许，是接纳，是认可，是真正地看见真实的对方，这份爱会深深地滋养对方的心灵。

当越多地共振别人的开心喜悦和好感觉时，你就会为自己吸引越来越多的开心、喜悦和好感觉的人、事、物，这也完全应了一句名言：亲爱的，外面没有别人，只有你自己。

千真万确就是这样，一切都是关于自己的，并且是自己为自己选择和创造的。

## 放下执着和评判，开心快乐是你的权力

已入冬，周日的早晨，阴天，寒意渐浓，我和千寻宝宝都穿了棉袄。我很想带他体验都市的双层巴士，并且是坐在上层车头靠窗的位置，欣赏窗外的街景，想必一定很有趣，很新奇。

我推上自行车，把他安顿在前座椅上，就往家附近的公交站台骑去。刚出单元门，小家伙就兴奋地开始唱歌了，冷对于孩子就像不存在一样，没有丝毫影响，该唱歌唱歌，该挥舞双手就挥舞双手，在这欢快的氛围中，不一会儿便到达了公交站台。停放好自行车，双层巴士就缓缓进站，红色的款式，车头清晰地显示着自己的名字——60路。自从千寻宝宝会走路以来，不外出的日子，骑自行车或步行或乘公交车便成了我们生活乐趣的一个组成部分。并没有明确的目的地，跟着感觉会在某一站下车逗留或继续。就像今天选择体验双层巴士一样，只是一份体验，别无其他。

带着这样的兴奋好奇，我们上了60路公交车，车子很大很干净，乘客很少，略显空旷。还没等我上到二层台阶，宝贝就手指着临近驾驶室靠窗的位置，示意我坐下来，于是我并不着急去到巴士的上层，而是先坐下来，缓一会儿再去也无妨。他兴奋地看着窗外的车水马龙，伸着手指着外面叫唤，我也配合着他的兴奋。车子颠簸着往前开，不一会儿的时间，他开始变得不耐烦，我并不知道他会在短时间内就表现出不耐

烦想下车的情绪，开始安抚他，但是并没有太大的效果，他仍然表现出不耐烦。

所以，在车子行驶两站路后，我立即决定带他下车。下车后，他的状态和感觉就立刻变得好起来，似乎此刻在户外才是他想要的感觉和体验。两站路并不是很远，于是我决定与他一起步行往回走。走着走着他想让我抱，就抱着他走，沿着人行道不紧不慢地走回了上车的地方，在这里他玩了很久，我们才继续骑车回家。

对于这件事，我没有任何的执着，没有任何的评判或者对抗，我不会执着于预先的安排是带他坐双层巴士的上层看风景，然而未实现，所以，我并不执着于事先的预想和安排，相反我会选择快速地放下那份预期和执着，根据此刻什么是我们的最佳利益做出新的选择。显然在那一刻，出现在我们面前的最佳利益就是停止继续公交车的体验，立即下车。

所以，就简单地去跟随那个体验，其实在那个体验里，一样收获到了新的乐趣和喜悦。所以，在生活里我总是意识到，你不否认事实的发生，不赋予其评判、对抗与执着，你就总能够收获每一刻的，或者说当下的最新最佳利益，选择跟随当下的最佳利益，那便是最轻松、最轻而易举的。而且那里一样有开心快乐与喜悦，一样有兴奋好奇与乐趣。在于你所赋予的是什么，你想体验的是什么，一切都是关于你自己的。

一切的发生并没有什么意义，你所赋予的意义将是你要体验到的。

# 最好的整形

　　无孔不入的负面情绪，充斥着人们的生活。比如，人们都喜欢照镜子，然而如果你去觉察就不难发现，人们照镜子都在惯性地无意识地关注自己的问题，比如，我又长皱纹了，我又长斑了，我又老了，我有白头发了，我皮肤又松弛了，我毛孔变大了，我掉头发好多，头发太干了，肚子太大了，皮肤不好，诸如此类的，会有很多很多的评判和对自己的不接纳。

　　然而，无论你是谁，今天都是余生里最年轻的一天，你不可能倒回十八岁，所以，真的要活在你余生里最年轻的那一天，看到自己的年轻，享受这一天的年轻，这才是你真正地拥有这一天的年轻。否则你永远活在对自己的评判和不满里。

　　真相是，今天就是你余生里最年轻的那一天，只需要这样一个自我觉察，你就完全可以把那个惯性的思维掉转方向，去看到自己的闪光点。照镜子的时候，可以聚焦在你的眼睛上，不是眼睛表面，而是看进去你的眼睛。看到你的眼睛更加有神了，更加闪亮了，眼睛会笑了，变得灵动，笑起来更加自然，你变得爱笑了，也更加绽放了，眼睛里闪烁着光芒和希望。你更喜欢你脸上的轻松，脸上浮现着爱，你更喜欢看到你的表情是轻松的、舒展的、上扬的、微笑的。就去看到那个强大的事实真相，今天，就是你余生最年轻的那一天，你把惯性思维掉转到这个方向的时候，立即，你就会在这个方向上找到自己越来越多的闪光点。同时，你会对自己的感觉越来越好，越来越满意，就会发自内心地意识到你是一个精彩的人，独特的人，闪烁着光芒的人，你不需要面部拉皮，也不需要整形，就是专注在自己闪光点的那一面，你就在聚焦倍增放大你的闪光点。实际上，再好的美白产品，再牛的整形技术，都无法赋予你眼神的清澈和灵动，面部的轻松和舒展，以及神情的温暖与愉悦，要去发现它不仅会滋养你，也会散发着光芒滋养你身边的人。

并且，最神奇的是，当你足够觉察去聚焦放大你的闪光点、你的微笑、有爱的眼神、你上扬的嘴角、你轻松的面部表情时，我向你保证，奇迹就是，你的状态就会越来越年轻，不需要很长时间，坚持这样做一小段时间，立即你就可以验证我说的是真相。

一个真实的例子，我就是这样做的，所以，你不需要去整形，或者说，最好的整形手术就是关注聚焦你的微笑，你爱笑的眼睛、爱笑的嘴巴、爱笑的牙齿、爱笑的脸庞，温暖的眼睛、清澈的眼睛、闪亮的眼睛，鲜活灵动的眼神，有光泽的皮肤、温暖的皮肤、有爱的皮肤，这个就是最好的整形。

并且，这个整形的威力在于，无关乎你年龄多大，你整个人由内而外散发出来的是一种清新、清爽、灵动、流动、温暖、爱、闪耀、有光泽的感觉。整形出来的眼睛再大，但它不流动，它不灵动，它僵硬，它无法散发内在的光芒，就失去了那份闪耀；整形出来的脸型再完美，但它总是紧绷、麻木、没有表情，它不舒展，它不放松；整形出来的嘴巴再丰盈，但那里没有爱，没有赞美，没有欣赏，没有笑容，没有绽放。

所以，这个很简单，就保持自我觉察，这样做，你就会收获不可思议的、完美的、精彩的、独一无二的、绽放的、流动的、鲜活的、有爱的、人见人爱的、美妙的你。那个是令人们令你自己都无法抗拒的美，真实的美，有爱的美，鲜活的美，灵动的美，极致的美。我爱这个，我向你保证，你也会爱上这样的自己。

## 蜗牛陪你在散步

相信很多人看过或听过短文《牵着一只蜗牛去散步》。它描写的是与孩子细致入微相处的过程。这个时候的千寻宝宝已经会走路了，走得颤颤巍巍，他拉着你的一根手指就可以慢慢地走，或者他推着婴儿车的扶手也可以慢慢地自如地行走。

真的像极了我牵着蜗牛在散步的感觉，我充满着喜悦与兴奋，过程节奏太慢了，或者说根本没有节奏，我完全跟随他的节奏，他要往前走，我就扶着车往前走；可能还没走出两三米，他就把车子掉转方向往回推，我就跟着往回推；走着走着，他改变了方向，想去拾路边的一片叶子，或者对着高耸的摄像头咿咿啊啊地喊，或者看见宠物狗狗、闪烁着的指示牌等等，他都会兴奋地表达他的喜悦与好感觉，这当中是完全没有固定路线的，看似此刻他在朝这个方向走，可能下一秒他就会往相反的方向去。

而我的开心与喜悦在于我没有信念系统的思想和预设要去纠正他往哪里走，也不想控制他，丝毫不想去控制他，没想着带他去哪里，我就让自己变成一个跟随者，让他带着我，瞬间我找到了一种非常新鲜非常有趣的感觉，似乎是你走进了孩子的内心世界，一个婴儿的内心世界，透过宝宝的双眼，你感觉到对这个世界的兴奋与好奇。更精确地说，是对每一个全新一天的兴奋与好奇。他全然地活在当下，对一切都是那么兴奋那么好奇，核心点是，他不是因为外在显化了什么，他才开心，他才喜悦，他本就是开心喜悦的，他与他所见到的一切开心喜悦在一起。

不仅如此，这也给我上了一堂如何生动鲜活地活着，如何欢庆生命的课，在这份全然的陪伴里我完全能共振到他呈现给我的珍贵礼物。我只需要看着他，跟随他的节奏，共振他的好感觉，共振他的开心与喜悦，而不赋予任何的意义，就会发现，生命如此简单，开心喜悦唾手可得。

并且，不用去训练他是否走得稳，也不用去训练他要赶快学会走稳。有时候，他扶着小推车，走着走着，兴奋了，看到某棵吸引他的树或者一朵花，他想驻足欣赏，就会自然而然地放下抓握的扶手，你就惊奇地发现，哇，他已经学会独立行走了，并且是在自己的节奏里自然学会的。

## 穿不穿罩衣

我生活在北方城市，这里四季分明，秋冬季节比较干冷。关于罩衣，可能南方的朋友们不太了解，南方的气候相对温暖，衣着单薄，便于清洗，宝宝用不着穿罩衣。

而在北方，春夏季节也是不需要穿罩衣的，人们一般会选择在深秋和冬季，宝宝们衣着厚的时候穿罩衣，因为冬天衣服厚，大家觉得清洗不方便。然而，我没有这样的信念系统，因此这个对我来说丝毫不影响，用洗衣机经常清洗就可以了，十分方便。

秋冬季节，宝宝们开始穿得越来越厚，大人们会习惯在宝宝漂亮的外套外面再穿一件罩衣，目的是防止弄脏外套或棉衣。相对来说，罩衣的款式非常单一，美观度远远达不到服装本身的设计和款式。我知道那是一种选择，我知道在孩子的内心世界并没有好坏美丑的分别，只是我觉得那么美的服装设计错失展示的机会，而感到有些遗憾和可惜。穿不穿罩衣完全取决每个人的观念和想法，于我，就不让宝宝穿罩衣，而让他完全只展示穿在他身上的衣服，事实上，那些衣服也正在享受着宝宝的展示。

同时，我还有一个特别深的感受，宝宝生长发育特别快，又处在这样一个物质充沛的时代里，除了父母给孩子买的衣服，亲朋好友也会时常送衣服，很多衣服一段时间不穿，下一个季节可能就不再合身，并且衣服还那么新，那么漂亮。所以，我更愿意让千寻宝宝穿着自己的衣服在户外活动，到处玩耍，无非就是容易弄脏，但这个丝毫不会困扰到我，这个年代也几乎没有多少人手工洗衣服了，洗衣机会轻松代劳，所以我选择他穿自己的衣服就可以了，合身，美观，舒适，感觉很好。

## 为什么高度的自我觉察是很重要的

当你忘记自我觉察的时候，就很容易掉入旧有的惯性思维里和头脑思绪的幻象中，去跟随旧有惯性思想的教导，你就忘记了和自己内在生命智慧的连接，就看不见真相，或者说你活在一种麻木里、惯性里，丢失了真正的自己。

比如说，旧有的惯性思想灌输和教导我们的是，你要追逐很多的钱，抓取很多的钱，拥有很多的钱才会幸福、才会开心、才会成功。一个很好的例子，我在银行办事，众所周知，世界上钱最多的地方在哪里？答案肯定是在银行。是的，我在银行办事情，坐在椅子上等待的时间里，内在突然有个声音就跟我说，你看到了吗，人们在这么有钱的地方，去享受钱的流进和流出，但几乎没有一个人是开心的，快乐的，感觉好的，你去观察一下他们的表情，都是那么麻木，那么紧张，充满着焦虑，没有片刻处在享受金钱带来的喜悦中。瞬间，我进入觉察，被这个声音惊醒，环顾四周，我意识到，是的，我们从小到大被灌输的根深蒂固的信念系统说，钱和开心、快乐、幸福画等号。真的能画等号吗？这是巨大的疑问，而我在这里，在世界上最有钱的地方看到的完全不是这样的。

这让我想起另外一个画面。公公离世前住院期间，我去看望，医院里更是门庭若市，人们的表情也同样都是麻木的，焦虑的，不开心不快乐的，忧愁的，很少见到脸上挂着笑容的人们。今天在银行这样的财富圣地，也是这样的，很少见到人们的脸上挂着微笑，无论是银行的工作人员，还是从银行柜台取出大把现金的陌生人，还是拿着大把现金要存入卡中的陌生人，都给我忧虑和严肃，没有丝毫开心和快乐的感觉。

那个声音仿佛继续跟我说，世界上开心快乐在哪里呢？我说，在忆起自己真正是谁，活出真正的自己，在孩子那里，在婴儿那里。那个声音笑着对我说，是的，宝贝，谢谢你记得你自己，谢谢你活出生命的本真、初心和初始状态，那就是你来到这个星球上，不是为了抓取什么，不是为了证明什么，不是为了囤积什么，不是为了对抗谁，不是为了控制谁，不是为了证明你是一个位高权重的人，统统不是这些，而是对你拥有生命的每一天以及活在身体里的每一天感觉良好，你热爱你的生命，你活出了生命的那份鲜活、那份激情、那份乐趣、那份轻松、那份愉悦、那份好感觉。你是真的充满热情地在迎接每一天，在对待每一天，在活好每一天，你活得那么真实，充满喜悦，那么有力量，你就像一盏灯塔可以照亮前行的人。

这不仅是好好地活着，更是充满着深深的和平与满足，并且是那种发自内心深处的满足和喜悦，是享受生命、欢庆生命的生命状态。

## 深度参与到孩子的世界，带孩子是一件轻松的事情

人们总喜欢问我，你带这么小的宝宝出来玩会不会很累很辛苦？我朋友们都说他们带孩子出来玩太累了，根本玩不了……

早餐时又被邻桌的一位姐姐这样问到，我总是乐此不疲地笑答，不累啊。我与宝宝经常一起旅行，在我的信念系统里没有那样的信念，觉得很累很辛苦很麻烦，所以，我总能很享受与孩子在一起的欢乐时光。

我在《嘘！你是无限的》书中有大量关于这个的分享，在此，我依然愿意乐此不疲地再次分享，希望可以给大家一些启示，让大家能更好地参与到新生命的成长，享受与孩子的美好时光。

千寻宝宝十四个月大时，我第一次尝试单独带他出行，来到了美丽的泸沽湖，住在湖边客栈。在院子的秋千上可以欣赏平静的湖面在阳光的照射下闪烁着耀眼的光芒，客栈种了满院子繁盛的花卉，陪伴着小桥流水，望云卷云舒，赏日落晚霞，就是在这里生活的主打曲。千寻宝宝在全新的环境里更觉得新奇了，经常看着某处便兴奋地叫喊，他对世界的探索与扩张都在这点滴中完成。

重中之重是要意识到，带宝宝出行与单独出行肯定是完全不一样的经历，所以不要在头脑的思想中去比较和评判哪个好哪个不好，只是人生不同阶段的不同经历与体验，过了就没有了，本就不同，就该不同。

为何要比较，一旦进入比较就先入为主地产生了好坏对错的分别心，这份分别心会不停地在你的头脑思想里找出一堆的分析和评判，例如，孩子不听话，好累呀，好麻烦呀，尿了怎么办，拉了怎么办，想睡觉了怎么办等等。一堆的怎么办，立即让你产生焦虑、混乱、情绪而去指责、抱怨，这些统统在消耗你与宝宝在一起的美好感受。

于我而言，很简单，我不会想那么多的怎么办，更深知这本就是不一样的体验，我只是去体验这份独特的体验，不赋予麻烦、累、他会不听话，以及各种怎么办，我便不会让自己陷入焦虑、混乱、情绪、指责、抱怨里，只是带着他去做一些我们能做的轻松的活动。比如，在客栈院子里玩，在泸沽湖环湖、散步、喂海鸥、去草海划船，累了就回酒店休息，这样，上午下午都能有很多完整的时间可以一起玩。出行的时候，我会在背包里把他吃的、用的、穿的都准备齐，一切真的很轻松，而且宝宝沉浸在好奇兴奋的世界里，在他那里就没有不好玩的事儿。所以，这方面我时刻放下妈妈的角色，而只当一个陪伴者，这是一个生命参与另一个新生命的成长过程，因此，我也总能活在当下的兴奋好奇里，自然收获很多的开心与满足。

这期间的他，会慢慢地走路了，清晨起床，他可以自己在床上玩一会儿，我则洗漱打理自己。他也会下床，扶着床扶着沙发自由地在房间里走动。我就把出发要准备的物品收拾好，做完这一切，还可以自在地带他吃早餐。

对于千寻宝宝，什么都可以是他的玩具，无论是一片叶子，一个勺子，一个盒子，一颗糖，他都能兴奋地把玩好久。所以，出行时我并不怎么给他带玩具，我知道他在一切事物里都能找到乐趣与快乐，这一点他生动而清晰地给我演绎了无数次，是的，这就是生命初始状态的本能，即：我们每个人都拥有在每一刻的发生里找到快乐与兴奋所在的这个本能。因此，我俩出行的行李并不复杂，一只大行李箱装下所有衣物，包括奶粉、尿不湿等，一个随手行李袋放置路上他需要的简单用品，就完全满足了所有生活所需。

而出行的全程你都会遇到无数的天使化身，会给予你这样或那样的便利和帮助，所以，我时常感恩我的生命如此富足。请你扩大对富足意识的定义和理解，这份富足并不是说我账户里拥有了巨额的存款，而是，无论何时何地，都有生命中的天使给我指引和帮助。而我更确信和知晓的是，这份富足也伴随着每一个人，前提是亲爱的你要先愿意敞开心扉，你才会看见。

## 调皮而喜悦的月亮

清晨，天未亮，我被窗外异常明亮的月亮吸引，它好像在玩捉迷藏的游戏，几乎是一下子就照进了我的房间，散发着调皮而喜悦的光芒，洒在洁白的床单上，格外静怡温馨。很久没有见过如此洁净明亮的月亮了，很大很圆，似乎离我特别近，没有高挂天空遥远的距离感。瞬间，阳台、房间、被子、沙发都被照得光鲜清透。

清晨的礼物来得如此意外，并蕴含着巨大的惊喜。窗户很大，可以很好地观赏如此美景，这也是我身处大自然中习惯不拉窗帘的福利。有那么一刻，千寻宝宝也被明亮洁净的月亮吸引，醒来直接坐在床上，手指着调皮的月亮冲我嚷嚷，示意我，妈妈，妈妈，快看多么壮丽的奇观呀。陪他一起欣赏这恩赐般的美景良久，再次安抚他睡下后，我已睡意全无，就对着窗外静静地凝望，赞叹它如此皎洁，如此巨大，洁净而圆满，令人心生无限的美好与喜悦，直到它缓缓地落入山的另一面。

奇迹的是，前几日住在另一客栈，晚上都欣赏到了醉人的日落，现在想看日出，所以选了这间朝东的房间。房间就在里格半岛正中，窗外是美丽的泸沽湖，晚上八点钟，安顿好千寻宝宝入睡，我再次被窗外突如其来的亮光吸引，把房间里的一切照得如此明亮，湖水披上了连绵不绝的粼粼波光，在夜晚黑色的湖面上越发耀眼闪亮。湖水的荡漾将湖面的粼粼波光反射到阳台的顶棚上，浮现出舞动着的充满灵气的光影交错，湖水拍打着细浪发出悦耳的声音，微风吹起阳台两边悬挂的灯笼，不时发出清脆细小的声音为摇曳的灯笼伴奏。我倚在床头，要前倾一点身子才能完整地看见那突如其来的亮光，不是别的，正是调皮的月亮，这次似乎更低矮，好像迫不及待地爬上远处的一座山来与我相见，它依然很巨大、很圆、很亮。

霎时，我被眼前的一切惊呆了，有那么一阵子，时间似乎消失了、凝固了，月亮、湖水、青山，微风细雨、波光粼粼、光影交错、浪涛浅吟、灯笼摇曳都汇聚于此，组成一部立体、生动、鲜活而欢快的即兴交响乐，我太爱这份源自大自然的馈赠了，饱赏着至真至纯的美景美境，我脸上满是陶醉、欣赏与喜悦，就这样与它们在一起很久很久。

# 挠痒痒

在与千寻宝宝的互动当中，有一个我俩都很喜欢的项目就是挠痒痒。可以是坐在车上，不经意地在他肚子上轻轻挠一挠，他咯咯咯地笑，再在他腋下挠一挠，他又咯咯咯地笑不停，偶尔你停下来，他会示意你还要继续和他互动。

也可以是抱着他，他趴在你的肩上，可能想睡觉了，我不经意地在他后脑勺轻轻挠一挠，他哈哈哈地大笑。我的动作跨度大一些，一下子又挠到了脚心，他又哈哈哈地一阵大笑，接着我的手又挠到了他的另一边耳垂，他一边大笑一边扭头找，好奇手明明在这边揽着他呢，这又是谁在挠他呢。

先生也喜欢挠他痒痒，独创的方法是用指尖像水流或漫步一样，波浪式地游走在他的身体上，带来痒痒的麻麻的感觉，令宝宝尖叫雀跃不已。也不用担心他太过兴奋不容易入睡，反而互动一阵子，他的身体得到了极大的放松，很安心、很满足、很喜悦地就睡着了。

多么轻松愉快、唾手可得的亲子时光，总是带给我们无尽的欢乐和开心。

## 妈妈觉察思想里怎么认为孩子的

婴儿宝宝来到这个全新的世界，他是非常完美而精彩的生命，一切于他都是全新的开始，所以在他的世界不存在不完美。反而，爸爸妈妈受旧有的惯性思想的影响会不自觉地投射给宝宝很多信念思想，要知道，你投射出去的一切都是无形的能量，都在暗自起作用，并且那股能量对应的结果会在未来某一天呈现给你，只是时间长短而已。

所以，身为爸爸妈妈，我们要觉察自己的思想，因为孩子是全新的，是完整的，是完美的，是精彩的，这一点毋庸置疑，就像他的指纹一样，就像每一个人的指纹一样，都是独一无二的。你要看到他的独一无二、他的与众不同、他的精彩、他的完美，不要把别的孩子与他进行比较，去评判他的一些行为，甚至有时候你觉得有些奇怪的行为，那是他在用宝宝的视角探索这个世界，你要相信生命的神圣本能与智慧。你看生命从一个细胞开始生长发育，一个细胞裂变，二变四，四变八，八变十六，每分每秒不停地裂变，生长成一个完整的完美的人，他有那么强大的身体机能在运作着他的血液循环系统、他的消化系统、他的免疫系统，他的呼吸、他的心跳，这些都是自动运作的，这些都是生命的本能驱使着的，所以你要完全相信生命的神圣本能依然在驱使着他用独特的方式去探索这个精彩的世界。因此，没有可比性，他有他的方法，其他的孩子有其他的方法，在这上面，我更多的是欣赏千寻宝宝的独特，他的专注，所以，他也总是给我很多的奇迹与惊喜，他在用他的方式成长。

再比如，孩子的健康。孩子天生拥有完美的健康，这一点仍然毋庸置疑，并且，孩子的免疫系统是强于大人的，这也是为什么新生儿在六个月之内拥有强大的免疫系统，他不会生病。所以关于健康方面，重点是，我们不要去投射各种的恐惧、担忧、担心、焦虑，预设他生病了怎么办，太冷了着凉了之类的，只是正常的天气给他做好正常的衣着穿戴就完全可以了。如果总是担心他生病，总是担心没有照顾好他，总是担心他受凉了等等，那股能量就会去到负向，便会朝身体出现疾病的方向去创造去运作。

关于他的生长发育，每一个孩子都会有一定的偏差，不能参照一个硬性的指标去对待每一个独一无二的孩子。所以有一个很好的界定指标是，他的精神状态是否好、他的精力是否充足、他是否活跃、他吃得是否好、睡眠是否好、排泄是否好，这几个就是硬性的指标，孩子在这几方面都是做得很好的，那他就是完全没有问题的，是非常健康的。

别一出门就觉得，风太大了，吹着宝宝了，开始担心他要着凉了；这里不能去，那里不能去，蚊子太多了，宝宝招蚊子。只要你不投射这样的担心和恐惧，孩子在大自然的天然元素里玩乐，是不会被自然元素伤害的。

所以，我们可以把自己的那股能量关注到他每天那么兴奋，那么有活力，那么开心，那么快乐，在哪里都能轻而易举地获得开心快乐和喜悦，这些是值得我们关心的。同时，完全可以向他学习他拥有的那份从容的快乐，简单的快乐，唾手可得的开心喜悦与兴奋。去照见我们内在也都拥有的本能，真切地允许自己活出这些开心喜悦的本能，这个才是对生命极大的滋养和回馈。

## 任何时候都拥有唾手可得的玩具

无论在家还是出行在外，我都没有刻意给千寻宝宝准备很多玩具，买很多玩具，或者外出的时候带很多玩具，因为对于千寻宝宝来说，或者对于所有孩子来说，在大自然里玩是孩子的天性，或者说是我们每个人来到这个星球的生命初始状态和天性。

所以他随时随地都会玩得不亦乐乎，并且他的玩具范围是非常广泛的。他扶着桌子来回走动，可以说那一刻，桌子就是他的玩具；他可以扶着沙发来回走动，那一刻，沙发就是他的玩具；有时候给他一个塑料小盒子，他就会玩得乐此不疲，打开来，再盖上，再打开再盖上，反反复复；有时候只是一个标签吊牌之类的，他也会好奇地拿在手里把玩，或者是一个鼠标，或者是一个空了的饮料瓶，或者是一个包装盒，或者说是一个勺子。或者在户外无论是一片叶子，还是一个小石头，还是一个树枝，等等，他都会玩得乐此不疲。或者说是某一处台阶，某一处木栈道，他会兴奋地上上下下，来来回回，这些都是他唾手可得的玩具。正因为此，我没有特别多地给他买玩具，也没有带很多玩具出行，有时候他喝过的一个酸奶瓶子，都能把玩很久很久，在里面找到无数的兴奋与乐趣。

所以，我要做的就是允许他，允许他绽放他的天性，在他的天性里收获无尽的开心、快乐与喜悦。同时也清晰地看到，在这么多广泛的接触里，他在极富热忱地探索着他的世界，透过所有他接触到的在刺激发育着他的感观，他看见的、触摸到的、感觉到的，都是别样的与众不同，这些都极大地丰富了他的感观。

所以，他喜欢这样，我也喜欢看着他乐此不疲地创造各种玩具，以及享受玩具带给他的开心、喜悦与满足。

## 水中女儿国

第一次单独一人带千寻宝宝出行，我也收获了很多不同寻常的感受和礼物。此时的他已经会走路了，走得颤颤巍巍，所以，我俩的行程就放得很慢很缓。去了泸沽湖里格半岛，我们一下子就喜欢上了那里，里格半岛坐落在一个大大的湖湾中，美称"水中女儿国"，是一个摩梭人居住的相对独立的村落。那里的节奏特别慢，适合我带他在那里散步，晒太阳，爬山，欣赏日出日落，喂海鸥，看海鸟嬉水。每天，千寻宝宝扶着长长的木栈扶手走在石板路上，我就透过他的眼神看尽湖里的波光闪烁。湖面上水鸭畅游嬉戏，不时地发出欢快的叫声。一截两三米的护栏，他会走很久很久，走着走着可能还会回头走几步，有时候也会牵着我的手一起走，还不忘和路过的行人愉快地打招呼，遇到了路过的狗狗，他也会异常兴奋地想去拥抱抚摸它们。

路很狭窄，只能行人通过，在这里就是完全享受步行的感觉。上午我会带着他去爬山，在山顶俯瞰里格岛的醉人景色，还可以选择划船喂海鸥，带上面包或鱼食，都是海鸥爱吃的零食。清晨的阳光明媚异常，洒在湖面上，疑似从天而降的一池星河，璀璨夺目；划船的师傅慢悠悠地摇晃着船身，载着我们飘荡在璀璨星河的湖面上。

傍晚，我们在湖周散步，赏遍冬日山脚下的层林尽染，阳光穿透一片又一片金光灿灿的叶子扑面迎来，鸟儿们欢快地歌唱，不知名的山花依旧盛开，金黄的落叶铺满大地，这一切都是我们的乐趣所在，兴奋所在。我只需完全浸入式地陪着他，沉浸在他婴儿的世界里，透过他的纯净，欣赏一片叶子的完美，与叶子玩耍。阳光洒在扶手上，舞出斑驳摇曳的光影，看着他好奇地伸手想去抓那个光影却又抓不着，看着他用他的小脚去感受石板路的高低不平，看着他驻足，看着他与一朵花对话，与一只鸟对话。

　　我清晰地感受到那宏大的生命之流满意地流经了我与他共同的体验，在各自的心田开满了醉人的生命之花。

# 欢庆生命

生命不是到达哪里实现什么，它是一趟盛大夺目的旅程。在泸沽湖小住的日子里，每天清晨我会与千寻宝宝一起喂海鸥，在里格半岛的湖边散步，与房东家的牧羊犬妞妞玩耍。

我的步伐就是千寻宝宝的步伐，他想在某处停留，我就陪着他停留；他想在某个小土坡上上上下下转圈圈，我就陪着他；他想在客栈拉运行李的人力三轮车上好奇地玩耍，我就陪着他；他想和编彩辫的阿婆聊聊天，我就陪着他。我完全融入他的节奏里，感受着他每时每刻都在欢庆生命，极高质量地使用他的生命。

这让我真切地体会到，生命不是到达哪里实现什么，它是一趟盛大夺目的旅程。

举个例子，我们设定的目标是去爬山，从里格半岛的湖边到观景台，需要走一段沿湖的石板小径，再顺着山路往上走，直到到达里格半岛的观景台。

到达观景台是要实现的目标，然而孩子是完完全全活出生命的本质的，没有到达哪里实现什么目标，他看待一切都是旅程，从有这个想法起的每一步都是旅程的重要组成部分，没有分别心，没有分离感，他只开心喜悦地活在旅程的每一个过程里，全然地享受当下。透过千寻宝宝的视角，我也完全地活在每一个旅程里，活在旅程的每一个当下，就是这样，他想走路的时候，我就牵着他慢慢地走路，他不想走想让抱的时候，我就抱着他往山上走，沿着台阶一阶一阶地往上去，并不急着快速地到达某一个台阶，只是坚定地用心地全然走好脚下的每一个台阶，彼此陪伴着，并不会分心，不会在思想里赋予他好重，抱他好累，太阳好晒，我什么时候能到达山顶呀，完全没有。只是全然地与当下的那个步伐在一起，感受着微风的吹拂，感受着阳光的温暖，听着鸟儿们在轻唱，看着湛蓝的天空，洁白的云彩，我们就坚定地往上走。这里面是喜悦，是享受，是带着好玩、有乐趣、好感觉在体验生命涓涓地流经自己，是在欢庆生命。

很多游客沿同样的路，从观景台往下走，去往里格半岛，相遇的过程里，我们并没有因此而过多分心，只是专注在我们要走的旅程里，去享受去收获旅程中每一刻所带来的礼物和惊喜。就真的会很享受生命里的一切，感受到大自然与我同在，每时每刻都在陪伴着我、滋养着我，这令我更加享受生命的旅程，享受旅程中发生的每一刻。

感谢千寻宝宝带给我的智慧和礼物，让我清晰地看到，并知晓生命不是关于要到达哪里、成为什么，而是关于每一天、每一刻、每一个旅程、每一个当下的流经。仅知晓是不够的，要带上开心喜悦的心情去享受生命的流经，兴奋热忱地参与到每一个旅程当中。如果没有享受、没有喜悦便像是错过了生命一样，而每一个可爱的人，都如此值得活出一个开心喜悦、精彩美妙的人生，值得欢庆的生命，值得用一切的美好填满的生命。

## 带孩子累是因为你没有专注于当下

　　和千寻宝宝在里格半岛小住的日子，房东、商户和路边的阿婆都认识他了，一见面就忍不住想逗他互动一番，我也经常被问起，你自己带他出远门好辛苦吧，我很佩服你的勇气。我总是笑答，不辛苦，真的不辛苦，就是跟着他的节奏就好了，很轻松，很享受的。

　　上午我们会去爬山，爬到里格半岛观景台欣赏全岛风光，下午再次爬山，去观景台观赏落日。并没有很辛苦很累的感觉，更没有抱他胳膊酸痛的感觉。这里面，我想分享其中的关键是什么，带孩子累是因为你没有全然专注于当下，可能手机不离手，想拍照拍视频，这个就会让你分心，消耗精力，并且在带孩子与想拍照拍视频之间不停地形成拉扯，会让你感到心累；再比如，想刷朋友圈、想刷抖音、想听音乐，等等。带孩子无法轻松实现这些，而你又不甘心，总想借机实现，这样会产生巨大的身心分离和精力拉扯，能量消耗也会很快，不一会儿就感到不耐烦、心累、焦虑。再比如，无法放下手机专注到孩子的世界，一会儿要接电话，一会儿要回微信，拍了很多照片和视频还得挑选、删减、修整等。看似一个个不起眼的行为，实则都得花费时间和精力才能完成，以致无法专注在带孩子这件事情上，自然谈不上享受，自然感觉好累好难带，而孩子天生都非常敏感，爸爸妈妈在带他的时候是否全然、是否专注，他是能清晰地感知到的。也因此，你若给他全然的专注和陪伴，他会感到很安心、很踏实、很满足、很开心，他就会表现得非常好带。有趣的是，你若心不在焉地陪伴他，他就会有不安的情绪，他反射的是你内心的焦躁和不安定，所以就会让你感觉他难缠不好带。

我感到非常轻松非常享受，是因为带他的那一刻我在全然地陪伴他，很少用手机，自然就没有了精力上的拉扯。而奇迹的是，当放下精力的牵扯，全情投入与宝宝的相处中时，我总能在每一刻收获到新的惊喜与开心，它源源不断地提供给我好的感觉，开心的感觉，并且这份感觉是双向的，同时滋养着我和宝宝，所以，我们就都拥有乐趣与喜悦了。

其次，你太过听信于旧有的惯性思想，就像本篇开端所述的那样，身处集体意识里的人们都认为带孩子外出太苦太累无法实现，你看，在还没有踏出那一步的时候你就被这样的信息填满了，一棒子打死，于是你就信以为真地认为带孩子是件既苦又累的事情。一旦先入为主地带入这样的思想，你就会无意识地去认同去迎合你与宝宝相处过程中的"苦"与"累"，即使相处中有很多的开心快乐与美好，你也会视而不见，看不到宝宝的开心快乐，宝宝的可爱，更看不到你们之间有爱的、有趣的、美好的过程。

你要做的全部是停止那样的思想，就去关注你与宝宝之间美好的有爱的互动，自然地，苦与累就离你远去了。

# 里格半岛给予我的

现在的我与过去的我最大的不同之处是，不再一味地追寻物质的占有和囤积。在 2020 年这样特殊的年份里，我更是绽放了生命不可思议的精彩与奇迹，全然地活在每一个全新的一天里，全新的体验中，真正地去活好每一天，享受拥有的生命，选择用开心与美好填满它。

这是非常美妙的感受，就好比，假如今天是我生命中的最后一天，在我回顾度过的这一天，我都会无比满意、无比满足地微笑着看着我用心活好的每一个当下。

在里格半岛小住的日子里，非常有幸住在岛上观景位置最佳的房间。房间很大，装修设计极具特色，有大大的露台，阳光几乎一整天都满满地照耀在露台上，全景落地玻璃飘窗，饱览着里格半岛从清晨到日落的纯自然风光，夜晚还能欣赏明亮的月亮，聆听湖水的浅吟，海鸥就在窗外的湖面上嬉水，俏皮、生动、活泼地点缀着湖面。阳光洒在湖面上，折射出的光影快速地在房间的墙壁上优美地振动，四周寂静而美好，微风与阳光相伴，湖水与海鸥相拥，我就在这里静静地感受美好流经身体，填满生命。

心生无尽的感恩，是一种深入骨髓的感恩，我如此热爱大自然，可我并不需要耗费毕生精力去积攒金钱买下这座岛，更不用花精力去建一座岛上的房子，而这一切都轻而易举地呈现在我眼前。当我得知房东家最好的房子就是我现在住的房子时，眺望眼前的里格半岛，真的泪如泉涌，喜极而泣，心生无尽的感恩，感恩大自然的馈赠，这里就是人间天堂，感恩房子的主人把它建造得如此美丽，而此刻它就精彩地呈现在我的面前。当我是满怀感恩、喜悦、享受地与房子在一起时，实际上它也是能感知得到的，它也喜欢人们开心喜悦地去享受它，因为世界上自从有了房子，房子被设计建造出来，它的功能和目的就是为了给人们带去爱、温暖、开心、喜悦与享受的。而我完全感受到、收获到的就是这些。

除此之外，这更加释放了我对物质的追寻占有和围积的旧有信念思想，而只专注于全然全情地投入到已经来到我生活里，出现在我面前的人、事、物，真正地看见他们，感受他们，爱护他们，享受他们，这样，我便是在拥有，极致地拥有，真正地拥有。

也因此，我活得轻松自在，认真而真实，就好像我的生命里如果没有开心与喜悦便错过了生命一样，就好像尼采说的，每一个不曾起舞的日子便是对生命的辜负一样。

这不仅是一句我知道的话，而是我真真切切地领悟到了，做到了。

## 喜悦的妈妈

　　曾几何时，我也活在遗忘自己是谁，丢失自我的状态里，生活得很严肃、很认真，在恐惧、焦虑、压力、痛苦、纠结、执着、纠缠中，我得到了很多，拥有了很多，却不开心不快乐，生命显得暗淡无光。在年复一年日复一日中错失了，我蹉跎着岁月，过得麻木机械，一直在追逐，像上了发条的机器一样无法停下来，不敢停下来，不幸福、不生动，失去了生命原有的鲜活与兴奋，好奇与喜悦。

　　然而，幸运的是，我踏上了一条内在自我成长的道路，开始认识自己，探寻生命的意义和真相，感谢有有姐姐和千寻宝宝选择我做他们的妈妈，引领着我成长，引领着我蜕变。千寻宝宝给我传递了很多生命的实相和真理，如今的我不再活在旧有的惯性思想里，我完完全全跳脱出来，让自己活在全新的每一天，看到每一天的全新，接纳认可每一天的全新，活在每一刻的全新里。每当我看着千寻宝宝那么兴奋、那么好奇、那么有活力、那么开心、那么喜悦、那么鲜活地表达着生命，绽放着生命，活在全新的每一天每一刻时，都颇受感动，触动很深。如今的我也是这样的生命状态，完全活出了孩子的轻松，喜悦与绽放，也迎来了生命不可思议的翻转与美好，轻松和喜悦。我知道这是光明的路，一条唾手可得的路，我更知道那是每个人内在都拥有的本质，只需要我们允许自己活出它，允许自己开心快乐，允许自己绽放闪耀。

## 闪亮的眼睛

无论走到哪里，都有人特别喜欢千寻宝宝那一双闪亮的眼睛，炯炯有神，清澈明亮，水灵灵的会说话。

是的，在他大概三个月大时，我就发现了，他的眼睛格外闪亮有神。乃至孕婴店的工作人员也夸赞他眼睛又大又亮，定是吃了某款婴儿补品，然而他并未添补任何补充剂。

千寻宝宝一直由我亲手抚养，我很了解他，答案就是，无论是在家还是在外旅行，除了吃饭睡觉以外，他喜欢户外，喜欢大自然，喜欢外出，对一切都兴奋、好奇，想参与想探索，在爱与自由抚养的环境下，他的天分得到了极大的释放和扩张，所以，他各方面的生长发育都很好。比如，身体强健、活力十足、活泼开朗、热情爱笑、眼神灵动等等。只是眼睛是心灵的窗户，更容易让接触到他的人第一时间捕捉感应到，所以关于眼睛闪亮的反馈自然就更多一些。

这也给了我启示，生命来到不同宝宝的身体里，初始状态和本真都是健康的，强健的，有活力的，活泼的，勇敢的，热情的，眼神灵动的，而这需要得到抚养者的允许和确认，他才会更多地朝向这些，并全方位地逐一展示。

## 你永远不会犯错，你也不可能犯错

仰望夜空，繁星点点，数不尽的星星垂挂苍穹，大小不一，明亮不一，无不闪烁着耀眼的光芒。

透过闪闪繁星，新的感悟清晰地浮现在我的心间，每一个人如果化身在不同的星球仰望太空，无论他身处哪个星球，他都会拥有宇宙的视角，即他在他的身体里感受到的是，他看到的实相范围永远是他的世界里最大的视线范围，我总是被这样独特的视角和美妙的悟道所惊叹和折服。这说明，七十亿人有七十亿个世界，每个人在自己的世界里都是对的，所以，没有人会犯错，也不可能会犯错，每个人都在自己的世界完美地呈现着精彩独一无二的自己。同样，别人，无论是父母子女还是兄弟姐妹还是伴侣，他们都是一个个独立完整的人，没有人能真正地理解你的视角你的世界。所以，你的世界，你永远是对的，任何时候都不要评判自己，否认自己，攻击自己，任何时候你最该聆听的永远都是自己的心声，接纳自己，允许自己，活出自己，追逐自己，成为自己。

你便会收获开心喜悦，幸福自在的人生，每一个人本就如繁星一样闪耀。

## 出行必备

千寻宝宝一岁以后的出行，行李箱必备小型电饭锅，便携式的，最小号的款型，不占太多地方，清洗方便，深得我心。

我也会带一些宝宝面条，一小瓶香油，一小瓶生抽，有这些就够了，给宝宝做辅食特别方便，面条煮熟点几滴香油和生抽就可以入口了，千寻宝宝吃得很香甜。大人也可以用电饭锅煮简便的食物，都极为方便。

有时，我会在当地买一些鸡蛋，煮鸡蛋或蒸鸡蛋羹都是千寻宝宝的辅食来源。

香油和生抽于宝宝于大人而言都够用了，有时买了新鲜的蔬菜，香油与生抽调好汁，就可以搭配新鲜蔬菜生食，不仅清香爽口，还完整保留了食物的维生素。

## 把每件事都当作人生的最后一件事去做

银行里的现金只可以带你去往世界各地，但要体验生命的甘露与满足，唯一的媒介就是你的用心与投入，把每件事都当作你人生的最后一件事去做。

时常会有这样的声音提醒我，有时候也是清晰的画面提醒我，无论我是在健身、舞动、散步、陪孩子、做饭、喝茶、写作、工作、商务洽谈、会议、爬山、坐飞机、等车、洗澡、微笑等。

无论是哪一样，那声音都会提醒我，如果是人生最后一件事，我会怎么做。答案非常清晰，便是开心、喜悦、有爱、享受地去做。立即，我就会把这个答案践行在我的现实世界，也因此，我总能在每个人、事、物的发生里收获无尽的滋养和快乐。我想，我完全体悟到了精髓，要体验生命的甘露，唯一的媒介就是你的用心与投入。

并不止于此，还有更深一层，有时在一些事物来临时，我也会去看，如果说这是人生最后一天，我还要不要去经历这个，答案依然无比清晰，并且非常有趣，有些是：要啊，必须做。而有些是：不要，那不是我真正想要体验的，我就此放下，立即转身朝向我想要的体验里。毫无疑问，这个会更清晰有力地帮我做出选择取舍。

方法很简单，完全没有技术含量，你也完全可以使用，早日给生命注入越来越多的甘露与满足。人生短暂，你值得每一天都让自己活在开心快乐与喜悦里。

## 礼物在你放下控制后才会呈现

与千寻宝宝入住泸沽湖的几天后，有两件事需要我做选择。一个是一周后在西双版纳有一个舞蹈课程，我很想参加，前提是需要有人帮着照顾千寻宝宝，可以是先生带着有有姐姐一同前往，他带孩子们才行。另一个是一周后在三亚有一个游学，先生之前参加过，他很喜欢，他可以选择带有有姐姐一起去三亚，全家在那里会合，他参加游学，我带孩子们。

我真实而平和地向先生表达了我的想法，并说明，我会允许他有自己的想法，做出和平顺流的决定，在微信上和他表达完这一切，我就放下了对结果走向的期望和控制，安然地进入了梦乡。

次日早晨收到先生的回复，他不选择任何一个，至于有有姐姐如何选择，还要等她自己确定。短暂的时间内我有少许片刻的疑惑，难道他是想让有有姐姐自己过来吗？但我放下了疑问和控制，静待他的安排和结果，随即回复他：好的，完美。还发送给他一堆美丽愉悦的表情，便带着千寻宝宝出去玩了。

回到房间已是中午，有有姐姐打来电话，开心地告诉我，她来泸沽湖找我，她说，爸爸会把她送到机场安检处，这边我去接机就可以了。这个结果完全在我预料之外，第一个跳出脑海的疑问是，我上不了舞蹈课呀，第二个是，我一个人怎么带她和弟弟呢。赶巧，此时千寻宝宝困得想睡觉，吵着要睡觉，于是，我心平气和地和有有姐姐说，弟弟想睡觉了，妈妈清楚她的安排了，具体的等我和她爸爸沟通完会完整地告知她。有有姐姐欣然挂了电话，不一会儿，千寻宝宝在我怀里就睡着了。静下来，很快地我便清晰地知道这背后的礼物了，一个疑问也没有了，我完完全全放下了所有的控制和疑问，那个清晰的礼物是，我可以不去西双版纳参加舞蹈课，就留在泸沽湖等有有姐姐。有有姐姐十岁了，读小学五年级，她独自登机来到这里，这是多么棒的人生体验，这是她在学校书本里无法获取到的人生经验，每天都在读书，读万卷书是学习，行万里路也是学习，某种程度上行万里路收获到的生存本能更是她人生方向的重要组成部分。哇哦，看到这么精彩的礼物，我感到好开心好兴奋，完全支持她来与我们会合。

　　随即，开心喜悦地把我的这个收获反馈给了先生。

# 如何减少宝宝外出用餐

需外出吃饭的时候，我会有意地在饭前让千寻宝宝吃一些宝宝的食物或者零食，吃到七八分饱，然后再带他一起外出用餐。

这个时期的千寻宝宝对食物的好奇度和渴望度极其强烈，所以餐厅里的食物，无论是他能吃还是不能吃的，只要他看见了，就会表达强烈的想吃的欲望。然而，前车之鉴，很多食物不太适合这个阶段的他，掌控不好的话就会影响他的消化和吸收。所以我的做法就是在我们大人外出用餐之前，提前把他的小肚子填饱，这样外出用餐的时候，他只需要少许地品尝一下外面的食物就满足了，他就不再强烈地渴望要不停地吃。

而这个方法对千寻宝宝来说一直很管用，尽管我们外出很多，他的消化吸收能力依然非常好，所以，这是个极为管用的方法，分享给大家。

# 奇迹之旅

　　有有姐姐也想加入我与千寻宝宝在里格半岛的生活，我欣然接纳，于是十岁就读小学五年级的她奇妙地开启了独自一人搭乘飞机到丽江，再乘车五小时到达泸沽湖与我们相聚的奇迹之旅。

　　她完全在兴奋与好感觉中体验了这一切，我发自内心地欣赏她、嘉许她的独立与勇敢，行万里路就是学习的一部分，是老师与学校无法传授的，这部分包括接纳孩子的想法，允许她请假，勇敢地支持她体验，欣赏并确认她的独立与勇敢，这些都是漫长学生生涯的重要组成部分。

　　就这样，她非常顺利地到达了泸沽湖里格半岛，看见湖光山色的那一刻，她的眼睛里闪烁着兴奋的光芒。随处可见的海鸥漂浮在湖面上，她热心地给海鸥喂食，陪弟弟玩耍，开心地抱着弟弟转圈圈，大方自如地和邻居们互动。每每看到这么开心活泼、阳光洒脱的有有姐姐，我都备感喜悦与欣赏。

　　不免要说，正是我和先生对两个孩子的接纳和允许，他们才能如此阳光鲜活，总是勇于自我表达。但凡我和先生传递给孩子的是担心，恐惧，不相信，害怕他们做不到做不好，那他们一定就会在这样的成长环境熏陶下，发展出与之匹配的行为，那便是完全匹配我们的担心和恐惧，匹配我们的不信任，将把做不到做不好的一面呈现到生活中。

所以，完全如纪伯伦所说，你可以给予儿女的是你的爱，而不是你的想法，因为他们有自己的思想。你是弓，儿女是从你那里射出的箭，弓箭手望着未来路上的箭靶，他用尽力气将其拉开，使他的箭射得又快又远。怀着快乐的心情，让我们就在弓箭手的手中弯曲吧，因为他爱一路飞翔的箭，也爱无比稳定的弓。

# 享受身体

千寻宝宝十四个月大时，体重大约 23 斤，基本会走路了，走累的时候，手一伸示意我抱他，我便欣然抱着他。或者，他想睡觉了，通常我也会抱着他哄他入睡。

对于抱他，我并不会去赋予：他是我的负担，这是一件很麻烦、很辛苦、很累的事情。没有，更多的是，我享受使用我的身体，借此感受我的身体，感受我抱他的感觉，感受我的脚走在路上或者踩在地板上的感觉，甚至还有相当一部分时间，他刚趴在我身上睡着，还没完全熟睡不便于立即放到床上时，我就打开手机备忘录享受灵感的穿越，开始写作等等。总之，这一切都是带着一种我在享受我的身体的感觉去做的，关注力和焦点都放在：我在开心地享受并使用我的身体，它那么灵活，那么轻盈，那么健康。都说生命在于运动，我完全认同，并且似乎我能感受到我的身体非常开心愉悦地等着我去使用它。所以奇迹的就是，完全没有累的感觉，我是在享受和我的身体待在一起的感觉，很开心，并且很欣赏我的身体那么健康充满活力。

我并没有太多的时间去健身房健身，或去瑜伽，跑步等等，但会尽一切可能去享受我能享受的时光，真正地和我的身体在一起，赞美它，欣赏它，感恩它，使用它。身体受到主人的肯定和赞许，越发展现出喜悦、灵动，鲜活且健康。

身体就是一台无比精微且生生不息的仪器，像一部庞大的永续机。众所周知，任何机器都得使用，不使用、不舍得用、不愿意用，机器就会生锈耗损，常言道，用不坏，会放坏，就是这个道理。

关于如何抱宝宝不累，取决于你关注的是什么，你关注的是他好重，他又让人抱，他好麻烦呀……你就真的会感觉很累、很焦虑、很不享受，这份累是你的头脑思想先入为主带入的。如果你关注在自己的身体感受上，感受手抱他的感觉，感受他均匀的呼吸，感受他如此鲜活，感受你身体在左右摇摆，感受双脚踩地的感觉，感受自己的呼吸，等等，抱他你就真的不会觉得累。

此生，我们拥有这个完美健康的身体，它永远值得被主人使用和享受。我想说，最最重要的是，你越使用它、越享受它、越赞美它、越感恩它，它就会变得越健康、越轻盈、越灵活、越有活力。你越不使用它，它就会变得越沉重、越僵硬、越容易生病。秘诀是，不是等着完美、健康、灵活、轻盈的身体出现，而是去使用它、享受它，它一定就是完美、健康、轻盈、灵活的。

# 泡温泉

温泉离里格半岛约四十分钟车程，千寻宝宝与有有姐姐我们仨兴奋地前往。司机专程载我们行驶在最有特色的乡村弯道上，可欣赏沿途的湖光山色和一座又一座的村庄。我们进了一间单独的房间泡温泉，池里的水是流动的，一边注入一边流出。刚开始水不是太深，随着水不断地流入，越来越深，水温刚刚好。

孩子们见水总是万分亲切，有有姐姐和千寻宝宝纷纷急切地进了池子。还没等我下水陪他们玩一会儿，千寻宝宝就显得情绪不安了，不知是他不习惯，还是接近中午时分他有些困顿，一度哭开来，安抚一阵子也未好转。我用浴巾一裹就把他抱起来了，在怀里抱了一会儿直到他情绪完全平静下来，看他不乐意继续再泡，便决定给他穿衣服，结束温泉的体验。

有有姐姐玩了一会儿，见我俩都上岸穿好衣服了，独自一人俨然失去了继续泡温泉的兴致，便也不再泡温泉了。

于我而言，这依然是一场完美的体验，没有任何的指责或抱怨，欣然接纳一切的发生，愉快地乘车穿梭在乡间小路上打道回府。

无常本就是人生的常态，所以，并不需要去控制，只是顺着发生去一个接着一个地体验就好了，也不要赋予它什么意义，如果一定要赋予意义，我永远会主动选择成为那个开心快乐的人，便会非常轻而易举地收获开心、快乐、轻松的每一天，这样才有足够的心境去欣赏沿途的别样风景。其实，真相是，从决定去泡温泉那一刻起所带来的所有兴奋和好心情，以及沿途欣赏到的美丽风光，这些都是泡温泉这趟行程体验中的组成部分，开心喜悦与收获总是满满的，无疑，这是一场完美的体验。

# 让喜悦贯穿你的生命

光看标题都令人感到开心喜悦，生活中不开心的人比比皆是，就更显得开心喜悦的珍贵与美好。然而，开心喜悦却是一种可以轻松拥有并活出的生命状态。

清晨起床，看到如此新鲜的全新的一天，我就会心生美好与喜悦。

吃到美味的食物，我会心生美好与喜悦。

看到漂亮温暖的家，令我心生美好与喜悦。

走在街上，看着城市发展建设得那么漂亮，令我心生美好与喜悦，等等，数不胜数。

有一个技巧和方法会随时提醒我，便是当看到人们总是表情严肃、麻木时，我就会感恩他们给我的贡献，让我意识到，我不愿意成为那样的人，于是，我立即选择做一个笑容绽放、嘴角上扬的人。

当看到人们大声喧哗时，就会照见自己，我意识到，我不愿意成为那样的人，立即，我选择做一个温暖可亲的人。

当看到人们总是急匆匆地疲于奔命人云亦云时，就会照见自己，我选择追随自己的内心，成为自己。

当看到有人总是抱怨时，我看到他很不开心，我意识到，那不是我想要的生命状态，立即，我选择看我所拥有的，我拥有完美的健康，良好的情感关系，漂亮温暖的家，活泼可爱的孩子，想去哪里就去哪里的自由，等等。立即，我感受到了满满的幸福与满足。

当看到人们呵斥责骂孩子，看到孩子那无辜、无助、惊恐的眼神时，我照见自己，我更愿意选择倾听孩子、感受孩子。当我这样去做时，不可思议的是，看似我在陪伴孩子，实际上我陪伴的是真正的自己；看到孩子的完美与独特，实际上是我欣赏、接纳、看见自己的完美与独特。因此，我对外在少了评判和指责，更多的是接纳、欣赏并与之在一起，这个总令我处在开心与好感觉中。

当看到有人绽放出温暖喜悦的笑容时，我总能感受到他的喜悦与满足，并意识到，我也有，我也是，立即我就感到好开心好幸福，浑身畅快自在，很享受自己这样的状态。

当看到有人总是能由心而发地给出赞美欣赏和爱时，我感受到无尽的美好与舒服，我意识到，我好喜欢这样，立即，我选择活成这样。

所以，当保持自我觉察，你就会清晰地分辨出，外在的一切都是你的一面镜子，来让你看到什么是你不想要的，什么是你真正喜欢并可以立即选择成为的。

# 参照物

　　飞机在万米高空，没有参照物，一切都是存在，这个时候很神奇的事情就发生了，你在飞机上的感觉似乎接近于静止不动，好像你是静止的，万米高空外的一切也似乎是静止不动的。要很仔细地端详，才能看见窗外的云在极其缓慢地远离你。

　　而落地以后，有那么多的参照物，路灯、树、车辆、高楼大厦、行人、其他的飞机等。你就会知道，你是在流动的，有趣的是，这一切都是你的参照物。

　　人生也是在各种参照物中一刻不停地向前迈进，所有的参照物，就像是镜子一样在照见你，让你看到那是不是你想去的方向，如果是，就喜悦地踏进去；如果不是，你就停下来，转身，转身朝向你喜欢的方向。而不是停下来，停留在那里去否认、对抗、批评、指责、抱怨、后悔，所有这些只会给你带来更多的不开心，唯一要做的就是让自己停下来，然后转身。

　　同样地，来到你面前的所有人、事、物都是你的参照物，尤其是人，他们都是参照物，你喜欢的人映射出你可以成为那个样子；你不喜欢的人映射出你不会成为那个样子。所以，如果把他们当作你的参照物，看清楚他们就是你的参照物，你所有能做的就是感谢他们，感谢他们来到你的生命里，让你随时随地活在自我觉察里。这样，通过他们，通过这一个个的参照物就可以指引你朝向你喜欢的人生方向。

你的人生只能你说了算。

## 翻箱倒柜

千寻宝宝会走路了，这个阶段的他对翻箱倒柜这件事情充满了无限的乐趣和好奇。我在厨房，他就把柜子打开再关上，再打开再关上，每一个抽屉都要打开再关上。梳妆台，床头柜，他都乐此不疲地翻箱倒柜，你都能感受到他的那种兴奋和满足，每打开一个柜子或者抽屉，他就像寻宝一样，好像找到了无尽的宝藏，所以，他在那个过程里自娱自乐，就会玩得很开心，很享受，很满足。并且，这些行为特别有助于他学走路，几乎就是捎带着扶下手，他就能灵活自如地从这边走到那边，从那边再走到这边。

对我来说，在家里阻止他做这件事情并不容易，我也知道在他这样的年龄，让他去开门呀关门呀，会存在不安全的隐患，这些我是非常清楚的，所以我会留意好他的安全。在这种情况下，允许他去探索，他在这里收获了很多的喜悦和乐趣。

有时，在小区里，遇到直饮水的柜子，每每走到那里，他都要停留驻足很久，就把那个门打开再关上，再打开再关上。并且我留意到，像他这么大或者比他再大一些的孩子对做类似的事情都充满了无限的好奇。所以，我只在旁边看着他，允许他去探索。

我的内心非常笃定地相信，他在这份好奇、探索、兴奋、喜悦中，收获到的智慧，收获到的成长礼物是难以用语言来形容的，也更不是用什么知识可以灌输或教导的，各种丰富的体验都将组合成他人生路上创造、创作和创新的源泉。这些只要进入到他的生活，他的视野，进入到他的体验当中，一定会给他留下痕迹，一定会给他带来属于他生命成长阶段的特殊礼物。

# 向孩子学习值得感

拥有再昂贵的玩具，去到再豪华的地方，每个孩子天生都是没有恐惧的。因为他天生没有恐惧，所以他不会害怕，他不会觉得有什么东西是高于他的，更不会觉得他不值得拥有这么好的东西，不配拥有这么好的东西。正因为他没有这样的限制性信念系统，所以，他就会轻而易举地踏入那里。而我们长大以后，很多成年人在这方面就会受到各种奇奇怪怪五花八门的限制，以及很多的恐惧。这些限制和恐惧也不是我们天生自带的，并不是我们与生俱来的，它是在成长的过程中，可能是父母、长辈或老师那里灌输进来的。比如说，这个东西太贵了，你不能碰；或者说，那个东西太好了，我们还不够好，我们不能拥有它，我们不能去那个地方，等等。

久而久之，我们幼小的心灵就形成了一种信念系统，认为一些很好的东西是高于我们自身的，不能碰，不能得到；或者，我们还不足够好，所以不配有好的东西进入到我们生命里，这样的信念系统就会在潜意识里阻止好的东西进入到我们的生命里，或者说，是我们内在不允许好的东西进入到我们生命里。这个好的东西会包括人、事、物，或者说，好的人、事、物我们不敢去接近也不敢去靠近，更别说去拥有它了，然而我们内心却有那样的渴望，想得到、想拥有、想体验的渴望。那是什么阻止了我们去得到、去拥有、去体验呢？

就是那份值得感，那份恐惧，那份担忧，觉得我还不够好，我还不够值得，我还不够聪明，我还不够漂亮，我还不够有钱，我出身不好，我这里不好，那里不好，不如别人好，等等。所以，就在这么多的限制性信念系统里完全限制住了自己，让自己一次又一次地与自己内心喜欢渴望的人、事、物失之交臂。

如果你去看一个婴儿宝宝，或者未受太多旧有的惯性思想教化的孩子，他没有任何限制性信念系统，他喜欢他就值得，他就是喜欢，丝毫没有他不值得，他不够好，他不够漂亮，他不够聪明，他没有钱，他没有好的出身，所以他还不能够去得到这个，没有这些。然而，神奇的部分就是，正因为他没有这样的信念系统限制自己，所以，他就可以拥有，他就可以得到，他就可以体验。

看到了吗，核心点是什么？是提升自己的值得感，勇敢地去除那些限制性的信念系统，你要知道这所有的限制性信念系统都是阻止你得到你喜欢的人、事、物的障碍和卡点，看见它们，去除它们。你就会得到、拥有、体验到你内心喜欢的人、事、物。

## 你笑起来真好看

正如歌词唱的那样：喜欢看你的嘴角，喜欢看你的眉梢，白云挂在那蓝天，像你的微笑。你笑起来真好看，像春天的花一样，把所有的烦恼所有的忧愁，统统都吹散。你笑起来真好看，像夏天的阳光，整个世界全部的时光，美得像画卷。

自从我开始觉察自己的面部神情以来，最最明显的，我的笑容总是洋溢在脸上，嘴角是上扬的，表情是轻松、舒展、愉悦的，几乎很少会掉入无意识的麻木表情里。

我也总是会随处看到人们依然被无意识的麻木表情所捆绑，总是无意识地表现得很严肃，很凝重，很少会笑。而非常有趣的是，我在孩子们身上看到的却是完全相反的神情，尤其是越小的孩子。

我会看到孩子陪着奶奶坐在路边的台阶上，他开心地在唱歌、在自言自语、在欢笑、在玩一个小石头或玩具小车，表情特别愉悦。虽然那是一个冬天的午后，孩子没穿尿不湿，开裆裤下光着的小屁股直接坐在冰凉的台阶上，可是他笑得那么灿烂，眼神明亮而闪烁，我忍不住地回头多看了他几眼；会看到孩子只是走在路上，欢天喜地蹦蹦跳跳地走着，喜悦的笑容银铃般地撒满整条街；还会看到孩子们在分享玩具，特别喜悦有乐趣，孩子们在观看一只小动物，特别开心兴奋；会看到孩子们那

闪亮有神的眼睛，活力激情的身体，纯净爱笑的脸庞。更有趣的是，与他一起的抚养者们往往是截然相反的神情，几乎都是麻木的表情，殊不知，每个人笑起来都是那么好看、那么闪耀、那么温暖、那么舒服。

我看到迎面的一位阿姨推着婴儿车，她逗车上的宝贝时心花怒放，笑容堆满了脸庞，是完全的喜悦和美好，而一结束与宝宝的互动，神情立即就掉入了无意识的麻木里。

生活的点滴都在帮助我自我觉察，时刻提醒我，笑容就是每个人脸上最好的风水，而且无论是谁，年龄多大，稍稍觉察，都可以轻而易举地做到，经由此，我们也把这份巨大而无价的美好送给了自己，让它流向了身边更多的人。

## 最好的家庭文化是欢声笑语

深冬季节，家里已经供暖了，室外的温度几乎都在零度上下，室内却温暖如春，二十四度，很舒服。所以，不出去的时候，在家待着的我们会做什么呢？家里没有电视，我就在垫子上陪千寻宝宝玩玩具，或者是放一些节奏欢快的歌曲或舞曲。跳舞，运动，可以是抱着千寻宝宝一起，也可以是让他坐在地上，各自跳各自的。有一种说法是，会走路就会跳舞，不用担心他不会跳舞，每个孩子都是天生的舞蹈家。也不用担心你跳得不好看，你依然是孩子时代的那个天生舞蹈家，全然地敞开你自己，放松身体，你就会舞蹈，你就会欢笑。我会说这就是最好的家庭文化。

赶上周末，有有姐姐也在家，她可是气氛创造小能手，搞笑小能手，总有各种花样变着法儿地逗乐大家，会时不时地冒出幽默的段子，搞得全家哈哈大笑。

并不热衷于舞蹈的先生，也会深受欢乐氛围的影响，越发出奇地灵活，会加入我们。孩子们极其热爱其乐融融的家庭氛围，欢乐欢快地享受其中。实际上每一个成年人，卸下那份束缚和伪装，回归内在真实的自己，没有人会拒绝欢乐，没有人会拒绝喜悦。

你的家庭你做主，所以，你想让它成为什么样，直接装入，它就会魔法般地成为你装入的样子。

# 本能

　　我总在说要相信每个人内在的感觉，任何时候跟随内在的感觉来做决定，就是最轻而易举并且一定是符合当事人最佳利益的完美选择。

　　这个内在感觉到底是什么？它是我们每个人拥有的一种本能，天生就拥有的一种本能，确切地说它是生命的神圣本能。举个例子，这个本能就好像，千寻宝宝他在不会说话、走路也不是很稳的情况下，想从这个地方走到那个地方，他就会自动地尝试着用尽一切办法去扶着沿途任何可以给他支撑和借力的物品来帮助自己一点点地到达；或者，他还会用一个他常用的办法，就是手脚并用地爬过去，刺溜刺溜地快速爬，也能很快到达。

　　再比如，他在桌子上玩一个东西或玩具，这个东西突然掉到地上了，他会怎么做呢？虽然他还不会下蹲，我也没有教过他如何下蹲，但是他有办法。我观察过很多次，他有办法，他会顺着桌边，先让一条腿慢慢地试着打弯跪下去，然后，另一条腿再配合着蹲下去跪到地上或者直接坐到地上。如果要起来的话，他也会摸索着尝试先扶住桌腿，去感觉自己先起哪条腿更容易让自己起来。

　　你看，这一系列不起眼的小动作，无一例外反映的是什么？反映的都是他在使用那个内在的神圣本能，或者说那个本能无时无刻与我们每个人在一起，在等待着给出指引。对于这么小的宝宝来说，他从这个地方要走到那个地方，在走路不稳的情况下，无疑是他那个生命阶段的一个很大的挑战。但是，他完全信任自己的本能驱使，他就会非常乐于并且是勇于去迎接这样的挑战，并在这份体验当中收获一种极致的乐趣和喜悦。

我相信他上扬的嘴角，传递和表达的就是，妈妈，我做到了，这个感觉很好，太棒了，我喜欢这样的自己。

## 创造还是捣乱

生养过宝宝的人都知道，孩子无时无刻不在创造，就好像这股强大的生命能量来到他的身体以后，他就对世间的一切充满着极度的兴奋和渴望，无比好奇，他每天活在开心、喜悦、好感觉当中。所以出现在他面前的一切，他都想有个接触，有份连接，有个触碰，实际上他是通过这个接触和触碰在探索着世界，在刺激各种感官的生长发育与连接，他在这里面收获了巨大的成长礼物。

他会乐此不疲地去和他看到的所有东西发生关系，家里因此也会被弄得很乱。在他的玩具区，玩具是不固定的，这个玩玩，那个玩玩，玩具自然就散落一地；在沙发边上，他会把沙发上的一切物品拎起来再丢到地上，甚至还想踩两脚，他对这样的行为感到欣喜和自豪；或者折叠式的晾衣架，他都会好奇地把衣服拽下来丢到地上；桌子上有什么样的物品，他好奇地想去碰一碰，摸一摸，或者把它们都丢在地上。

这一切的行为只是他想与看到的一切发生连接，发生关系，他是通过这个来成长自己的。所以一个很重要的问题就来了，我们给他贴的标签是破坏、捣乱，还是创造呢？毫无疑问，我在千寻宝宝身上看到的是，哇，他的创造力生命力太强劲了，太强大了，太劲爆了，所以他才会一刻不停地在动，在创造。我会允许他在这个过程里淋漓尽致地去体验，然后，我再把这些物品归位。

为了减少我的工作量，一般情况下，我会选择让他在客厅这个大区域里尽情地去发挥去创造。而卧室和书房，则尽量减少让他去，这大大减轻了我的工作量，同时也满足了他的探索欲、想象力、创造力的发展。我在《嘘！你是无限的》一书《极简生活的意义》篇中有过分享，家里的客厅只有一张沙发，没有电视柜、电视、茶几，所以客厅就会很宽敞，他想爬，想走，想推着小车在地上转圈都是很容易实现的。随着体验的增多和变换，他就会对不同的事物产生不一样的感官体验，这些会极大地激发他在创作领域的灵感和想象，他就会在不同物体之间碰撞出新的组合，新的火花，新的灵感。

毋庸置疑，这绝对是创造，他在这个过程里看似把一切搞得很凌乱很无序，但是在这个凌乱无序里，他感受到与不同物体接触所产生的感觉，在他无意识的情况下就是这样的，你也看不出有什么用处。但是在这种淋漓尽致的体验下，随着他年龄的增长，当他有意识的时候，他就会把在事物中找到的灵感，创作升级为成形的作品，在与各种不同物体的接触中，碰撞出灵感的火花，那是他真正创作的源泉。

这个并不难理解，因为益智的开发和启迪，离不开想象力和动手的能力，而在这整个过程当中，他用的就是自主自发的想象力和动手能力来创作完成的。并且，我对他的信任和允许，给了他极大的信心和肯定，在这个过程当中，我做的更多的只是默默地陪伴他沉浸在他的世界里，在他想与我交流或想在我这里得到回应时，报以热切的眼神和掌声就足够了，他完全领会到了，我的回应让他感受到他是一个充满自信的，独一无二的好孩子。

我也完全体会到《窗边的小豆豆》的作者黑柳彻子的感受，她说："每当这种时候，我的心里就充满了惊讶、感动和庆幸。就拿我来说吧，先生不停地对我说'你真是一个好孩子'，一直到现在，这句话是怎样激励着我，支持着我的啊！它对我的鼓舞无法估量。如果我没有进入巴学园，没有见到小林先生，恐怕无论我做什么，都会被贴上'坏孩子的标签'（作者上一年级的时候被上一家学校强制退学了），就是因为这个标签，被自卑的心理包围，不知道该怎样做才好。可能就会怀着这种无所适从的阴暗心理，直到长大吧。"

# 为什么人们总觉得自己不够好

　　绝大部分人都有一个根深蒂固的信念，认为自己还不够好，需要不停地通过外物来武装自己，让自己显得好一点。可是，无论得到了多少，依然无法消除对自己感觉不够好的认知。然而，这是一个巨大的谎言，它并不是真相。每一个人作为婴儿宝宝来到这个世界的时候，他没有这样的认知，他对这个世界充满了极度的热忱，极度的渴望，他对自己没有评判和不接纳，并且他对自己很满意，相当满意，他喜欢自己，他热爱自己，他热爱他拥有的这个独特的身体，他喜欢自己的每一个体验。毫无疑问，他清晰地知晓，他的降临是给地球的礼物。

　　那么，是什么让这个真相变成了幻象的呢？

　　如果你开始提出这样的疑问，我真的要恭喜你，你已经开始有意识地拿掉"你还不足够好"这样的幻象和枷锁，去看到本来的你就是如此精彩，如此独特，如此独一无二，如此完美，如你的指纹一样，你就是真真切切独一无二的你，会看到你出生在这个地球上，在这个身体里，你是给地球的礼物。正如《窗边的小豆豆》中巴学园的校长小林先生经常说的那样：无论哪个孩子，当他出世的时候，都具有优良闪光的品质。在他的成长过程中，会受到很多因素的影响，有来自周围环境的影响，也有来自成年人的影响。所以我们要早早地发现这些优良闪光的品质，并让它们发扬光大，把孩子们引领成为一个有个性的人。

是的，是抚养者们一点一点地灌输给了我们，我们还不够好，不如别的孩子好，但你要看清楚，并不是说抚养者不爱我们，不是的，他们已经给出了全然的爱，全部的爱，只是他们小时候也是被那样抚养长大的，所以无意识地会用这样的方式来抚养我们。他会说，你看，别的小朋友都不让抱，你怎么还让抱呀；为什么不分享玩具给别的孩子玩呀，强迫你要分享，甚至不顾你已满眼含泪；别的小朋友都喝那么多水，你怎么不喝水呀；别的小朋友那么会吃饭，你怎么挑食呀；别的小朋友都睡觉了，你怎么还不睡觉呀，等等。

再大一些的时候，我们上学了，老师也会不停地灌输：啊，某某同学写的字好看，你的字太难看了；某某同学学习很好，考了很高的分数，你学习太差了；某某同学好有礼貌，你没有礼貌……你会收到诸如此类的评判，所有的评判都没有强化你是独特的生命存在，你天生与众不同，评判的声音会持续地传递给你一种自我暗示：你不够好，你不是一个好人，你要拥有更多才显得你似乎是个足够好的人。

就是在这样年复一年，日复一日，无法估量的浸入式的灌输下，覆盖了我们本就完美闪光的那个认知，以至于就开始停不下来，去追逐，要拥有更多，得到更多，战胜更多来弥补那个不足够好，或者试图通过得到更多来给那个幻象增添更多的光彩。而事实上，因为它是一个幻象，所以这个光彩你无法真正地给它增添上，即便你今天增添了一件光彩华丽的事情，你感觉很好，可是到了明天它就没有了，到了后天也没有了。你又得去追逐新的战利品，所以这就进入了一个陀螺式的循环圈里，根本停不下来。然而你去看你的内心，你并不是真正地快乐，你并不是真正地满足，你依然会认为自己是不足够好的，你不完美，你不是一个好人，你总是不开心、不快乐、不满足，没有乐趣和兴奋。

所以，回归到生命初始的真相，你生而为人，生在这个星球上，你就是完美的存在，你就是独特的独一无二的存在。当你对自己有评判的时候，就去看看在地球上独一无二独属于你的专属指纹，它一直都在告诉你真相，你就是你。你跟别人当然不一样，本身就不一样，你有你独特的闪光点，你应该去追逐你内心想让你成为的样子，那才是你此生来到这个星球的使命。唯有走在那条路上，你才会发自内心地感到开心快乐，喜悦和满足，它与你从小到大接受的那么多的标签没有任何关系，与你要考多么高的分，你要超越多少学生，你要超越多少人，你要赚多少钱，你要开多大的公司，你要掌控多少人听你的，你要买多少房子，你要占有多少金钱，囤积多少人、事、物，都是没有关系的。并且，你追随内在的声音成为你自己，你会收获持续的恒久的开心喜悦与满足，几乎就是一直在开心、一生在开心，那个就是真正的你是谁，那个就是你本身的样子。

# 每一刻，你已经在收获好处了

冬日暖阳，园区里阳光充足的地方格外热闹，很多孩子，大大小小的宝宝们都在阳光下玩耍，欢笑声响彻四周。另一边也有很多老人坐在那里独自晒太阳。这番景象几乎同时向我展示出生命能量的两个极端，于我是极大的成长。

孩子们对冷没有信念系统，没有评判，也没有区分。尽管孩子们穿得很厚，行动不是那么方便，但没有一个孩子缩手缩脚，每一刻他们都极富鲜活，兴趣盎然地触碰一切，触摸一切，连接一切，在这一切里收获生命的成长与礼物，那便是在每一刻来到他面前的属于他的开心喜悦与满足，并不执着是什么东西，只要来到，他都可以在那里收获全新的开心喜悦与满足，所有孩子都是这样的，无一例外。

然而，我亲爱的读者朋友们，这个本能我们每一个人都拥有，毋庸置疑，它就在我们的内在，无论今天我们有多大的年龄，我们仍拥有这样的本能。即拥有每时每刻在所呈现的事物里收获开心、喜悦、兴奋、好奇的本能，它不取决于头脑思想去评判定义这个东西有价值，那个东西没有价值，不取决于这个。而我收获最大的是，真的很感恩晒太阳的老人们，他们坐在这里只是晒太阳，身体不动，也不愿意说太多的话，他们目光呆滞，眼神是麻木的，身体是僵化的，似乎无视于眼前，无视于每一天的全新，无视于此刻的太阳就是全新的太阳，无视于眼前出现的一切人、事、物。你可以很容易地看出来，他们完全活在很深的信念系统的思想捆绑里，他们看不见眼前事物的美好，感受不到事物的美好，所以他们无法与眼前出现的这一切产生连接，便没办法在每一刻的发生里得到好处。

实际上，我们生活的每一天它真的都是全新的、新鲜的，像白纸一样，未被触碰，未被设定，这一点是非常核心非常关键的。而我们每一个人，无论今天多大年龄，在每一个全新的一天也都是全新的人。但只是因为我们习惯了，惯性的思维绑架了我们，就看不见这个全新。事实上每一刻都是全新的，出现在我们眼前的，生命里的人、事、物、环境都是全新的，也因此，每一刻，我们都已经得到了好处，无非是这个好处你有没有看见它，有没有拥抱它，有没有与它连接，有没有去享受它。

我试着和不同的长者聊天，他们给出的解释是，因为我老了，我身体机能退化了，我腿脚不好使了，因此我没有办法像你们那样去享受生命，所以我活在一种困难当中。然而，我亲爱的读者们，如果此刻你在看这本书，我真的真的想跟你解释这个伟大的真相和真理，恰恰是相反的，正因为你不享受你的身体，不使用你的身体，也从来不欣赏赞美你的身体，不珍爱你的身体，不去运动它，不让它动，每时每刻在每一个全新的一天里，你都在用"你老了"这个信念系统的思想浇灌它捆绑它，你一直在说，我老了，我身体退化了，你就在持续不断地创造你老了，你身体退化了的实相，所以你就活在苦难当中。

真相不是这样的，这个宇宙是无比充足的，对待每一个人都是平等的，每一刻都把那个好处放在了每一个人面前。我们要敞开自己，去拥抱它，当你敞开自己，你就会百分之百地收获到那个好处。不是说，你沮丧地等待着未来某一天某一个人、事、物的出现给你带来开心快乐和满足，那个人、事、物可能是某一天，子女或亲朋探亲给你带了很多的礼物，你很开心、很喜悦、很满足、很享受；也可能是，你收到了一份心仪的礼物，你感到很开心、很享受；也可能是你心爱的小孙子来到你的身边亲吻你，让你感到很开心、很快乐等等。

我们不能把宝贵的生命、新鲜的生命绑架在这个不可控的极少频次的外在的某人某事某物里，不能把它抵押在这个某一天某一刻出现的人、事、物里，这样的话，我们就完全错失了每一个全新的一天，每一个全新的当下，就错失了今天的幸福和当下的开心。当能够意识到这个真相的时候，让自己活在全新的每一天，全新的当下，你就会看到，每一刻出现在你生命中的情境，都可以给你带来新的收获和好处，那里面有充足的开心喜悦与满足。

每一刻，你都在收获好处，那个好处不在未来，不在某一天，不在某个人那里，不在某件事那里，不在某一个物那里，而在每一刻，呈现在我们面前，去享受它，和它在一起。这样我们便收获了一个开心、喜悦、满足的人生。当我们越来越多地这样做的时候，我们就越愿意去使用我们的身体，让身体动起来，越来越享受我们的身体，这会进入一个非常良性的循环，身体当然就会越来越健康，越来越灵活，越来越灵动。自然，你的开心快乐就越来越多，你的喜悦满足越来越多，你眼睛里闪烁着越来越多的光芒，这是人生极大的滋养。

那个每一刻的呈现，就好像是，你看到了一只漂亮的猫，一条漂亮的狗出现在你的面前，你就会去欣赏它，你就会去喜欢它。当你欣赏它、喜欢它的时候，它就在为你呈现，它就是来滋养你那一刻的生命的。所以极致地去享受它，极致地去与那些出现在你生命中的事物共振和连接。可能是一个孩子，他笑着，颤颤巍巍地走向了你，那一刻，那个孩子就是你世界里的一个组成部分，去和他的笑容和开心共振共舞，那就是此刻为你呈现的。

这样，你就真的是在活着了，你是以一种欢庆生命的状态在活着，而不是麻木机械地活在信念系统里，活在头脑思想的绑架里，看不到外面的全新和新鲜，永远都是被动地等待、等待，等待未来永远到达不了的某一天。

那个好处不在未来的某一天，它潜藏于每一刻、每一个当下的发生里。不是说孕期不好，宝宝出生就好了就自由了；不是说宝宝现在太小了，等长大了会走路了就好了；不是说会走路，好麻烦呀好难带呀，等上学了就好了；不是说等到他放假了就好了；不是说等他考上大学了就好了；不是说等他参加工作了就好了；不是说等他结婚了就好了；不是说等他买房了就好了。不是这样的，是在那每一个过程里，那个好处就在每一天每一个发生的过程里。这样你就真正地与每一个过程在一起了。

任何时候，任何事情，在做的过程里你没有收获到开心快乐与好处，而总是期待着盼望着在将来某一天的结果里得到，你就让自己进入了根深蒂固的幻象循环，真正地错失了生命的色彩。伟大的真相是，你从来都无法与每一个过程分离，就像你只能在此刻呼吸，你无法去明天呼吸，

也无法回到昨天呼吸；就像你只能在此刻心跳，你无法去明天心跳，也无法回到昨天心跳。你永远只能和每一个过程在一起，这样你便享受了每一个过程，你就享受了每一个发生，从而，享受了你的一生。

这才是生命非常美妙、非常精彩，令人渴望、令人兴奋、令人期待、光彩夺目的地方。

## 有意识地提升对新鲜的感知

生活中，我更倾向于进食新鲜的蔬菜水果，新鲜的食物。我的早餐基本以轻食为主，进食的顺序大致是蔬菜沙拉，水果，坚果，然后是主食，主食可能是蛋炒饭、粥、面点、点心或者煮鸡蛋。我的身体很享受这样的吃法，因为实在太新鲜了，吃下去的每一口身体都感觉很舒服，我能感受到身体细胞对新鲜食物的兴奋，并且吃下去以后很容易消化，很短的时间它们就会消化吸收然后及时排泄。

举个例子，在市场买到很新鲜的玉米，无论是它的颜色还是清新的气味，你都想去买它，渴望品尝到它的美味，放入锅里烹煮，哪怕只煮一根玉米，不一会儿，满屋都会香飘四溢。

我也网购过加工过的速食玉米，带着觉察去吃，只吃了一次，我感觉我的身体并不享受，它完全失去了玉米那种原始的醇香，口感也没有那么新鲜。包括吃饭吃菜也是一样的，如果保持觉察觉知的话，你会发现你的身体喜欢摄入新鲜的食物，并且别人喜欢的食物你的身体不一定喜欢，同样，你身体喜欢的食物别人也不一定喜欢，这是非常明显的，而我会选择我身体喜欢的享受的食物进食。

那份新鲜的诱惑，就像是刚出锅的米饭，香喷喷的，你只吃饭，不吃菜，都能感受到大米的醇香可口，不吃菜，也不觉得米饭难以下咽，反而有种淡淡的甘甜。

所以，如果想让身体更健康、更轻盈、更灵动的话，要更多地选择给身体进食新鲜的蔬菜水果和食物。同时，我会建议你更多地感知觉察自己的身体，试着与自己的身体对话，它就会告诉你它喜欢吃什么，不喜欢吃什么，去聆听它，呵护它。

## 勇敢是无法被说教的

在千寻宝宝学会走路的这个阶段里，他特别喜欢尝试不寻常的路。比如说，他喜欢去走一个小的坡道，上上下下的，体验坡道带给他的感觉。或者在户外的时候，他会喜欢拉着你的手去走那些小土坡、小石堆之类的，兴奋地一圈又一圈地走；高一些的小山峰，也会喜欢去攀爬，他自己无法完成，但是会强烈示意你带他一起去爬那个小山坡，不停地上上下下。或者是在一处平地上，如果有几块大石头，他就会让你拉着他往石头上走，站在高高的石头上，下来，再上去。有些石头会轻微晃动，他也要站在上面开心地感受那个晃动。

对于他这样的行为，我是敞开心扉，接纳、允许他去体验的。我崇尚自然的养育法，并意识到，这是在这个阶段他想体验想探索的，我就全然地允许它，我相信他会在这些过程里收获到属于他的生命礼物。那份生命礼物就好像是，勇敢是无法被说教的，你无法教导你的孩子，你要勇敢，你要坚强，而不允许他去体验。事实上，勇敢和坚强是通过他在一次又一次的体验当中收获到的。在这些体验当中，本性使然，他自然而然地会寻求保护，比如说，他意识到可能会有些难度，或者说有些困难，他独自一人无法完成的时候，他会拉着我一起，或者在这个过程当中，他也会寻求一些手的支撑和帮扶，比如他会不停地扶台阶，扶高处的东西，向身边的东西巧妙地借力，这是他自动自发的行为。这些都是促使他去完成一个又一个挑战性体验的方法，在这些体验当中，他是自然而然地捕捉到那个点，自然而然地地去攀登一个又一个挑战，迎接一个又一个的生命礼物，这个正是促成他拥有勇敢和坚强意识的重要过程，重要体验。

人们总是试图教育孩子教导孩子，通过说教的方式引导孩子要勇敢，走向勇敢 ，然而，语言是符号系统，那里是没有力量的，孩子无法从字面上理解那个是什么。他无法通过语言层面去理解勇敢，但他可以通过寻找更多的支撑、方法，寻找更多的借力，寻找更多的可能性和发挥，来帮助他完成一个又一个的挑战，这个只能在他的亲身经历和体验中得到。

并且，通过这样的体验，他会很坚定很笃定地知道并且相信，他可以，他可以做到，他是安全的。这个就是勇敢，是真正的力量所在。

## 为什么你是如此完美、如此精彩、如此闪耀的人

每当抱着千寻宝宝，他那柔软绵润的身体，温热软绵的脸颊趴在我的肩头，刚好贴进我的脖颈里，我就感受到暖暖的爱与极度的滋养；同样，来自我脖颈的温热软绵也极度地滋养了他。这是宇宙间强大的爱的力量与共振。

透过千寻宝宝那清澈有神闪烁着迷人光芒的眼睛，我看到了他生命的鲜活与欢快，以及极度的热情与兴奋，这些无时无刻不在感染着我，笼罩着我，像一面闪闪发光的镜子照着我，告诉我，他就是我，他有的我都有。这些是每个人生命的本能，他说他热爱这样的自己，我说，谢谢你宝贝，我也好热爱闪耀的自己，我们嘿嘿嘿地相视而笑。

透过千寻宝宝那完美的黄金睡眠，均匀的呼吸，和平舒展的脸庞，我领悟到了，极致的幸福是想睡就能快速地进入香甜的睡眠。透过千寻宝宝每次品尝食物，从心底流淌出来"嗯～啊，嗯～啊，嗯啊……"的喜悦与满足的声音，我感受到了极致的幸福就是能极致地享受食物的滋养，与食物有完美的爱的连接与共振，彼此都在表达着对对方的喜爱与欣赏、感恩与祝福。

透过千寻宝宝挂在脸上那纯真洁净绽放的笑容，我完全被这强大的喜悦感染，欢庆生命不是一句鸡汤，而是真真切切地随时随地在上演着，

感受着他如何将极致的喜悦通过每一个细胞涌现出来。

透过千寻宝宝与大自然万物的共情与连接，他能看到万物都笼罩着爱的光芒和色彩，能在万物中随时随地找到新的乐趣与兴奋。这无疑是最高境界的幸福表达，他都拥有。

为什么你是如此完美、如此精彩、如此闪耀的人，千寻宝宝呈现的这一切不是他，而是你，是我们每一个人，这一切都是关于你的，关于我们自己的。关于你对自己感觉怎么样的投射，处处都是关于我们对自己感觉如何的投射。回到内在，回到源头，毋庸置疑，我们都拥有柔软绵润的身体，温热软绵的脸庞，清澈有神闪烁着迷人光芒的眼晴，完美的黄金睡眠，均匀的呼吸，和平舒展的脸庞，品尝食物时从心底流淌出来的"嗯～啊嗯～啊嗯～啊"的喜悦与满足，与大自然万物的共情与连接里，能看到万物都笼罩着爱的光芒和色彩，能在万物中随时随地找到新的乐趣与兴奋。

只需，我们持续地嘉许和确认这些内在本就拥有的本能与天性，活成这样，成为这样。毫无疑问，我们就是这个星球上最开心最幸福的人，完美，精彩而闪耀。

# 确认眼神

每个孩子的眼睛都非常清澈透亮，我在《嘘！你是无限的》一书中写过眼神。真的，每次看千寻宝宝的眼神我都会看到光芒，流露出的是对生命的享受、喜悦、开心、兴奋。就像此刻这篇文章，我是先录音然后再整理成文字，他就在我身旁，看着我对着手机听筒说话就嘿嘿嘿地笑个不停，我看着他的眼睛，及时报以热情的笑容回应他。

就是这样的，很多时候他会去看妈妈或者抚养者，比如说，他突破了一个挑战，比如在游戏中，或者是步伐上的，或者说吃到了好吃的，总之，他想和你眼神交流的时候，他是充满着爱，充满着美好，充满着一种兴奋在看着你，眼神里散发着光芒，写满了兴奋与欣喜。每次接收到我都会及时地回应他，去共振他的兴奋与喜悦。特别有趣的是，只要你非常及时、非常完美地去共振他的那份喜悦与满足时，就会越发地激起他的创作欲，他就会敢于尝试更多的表达和创造，这里面蕴藏着喜悦、勇敢、开放、自信、创新的能量。相反的一面，如果他给你这样的眼神，你没有接住，共振不到，或者你是麻木的，你不敢看向他的眼睛或者回避他的眼睛，无法去共振他的眼神的时候，瞬间他的那种光芒就会黯淡下来。还有，如果你给予的是不接纳、指责、抱怨，或者愤怒的眼神的话，那么很神奇的一面也会展示给你看，在创作上、创新上、尝试上、勇敢上，他就会表现出一种类似于胆怯、退缩的状态。除了退缩，似乎还伴随着一种失落、忧郁、黯然失色的感觉在里面。

所以，跟宝宝相处，很多方面是源自心、源自爱、源自共情的，这些某种程度上都是无形的，不像语言能听得到，不像拥抱能直观地给出。但恰恰是这些无形的反而力量更强大，因为无形的东西不容易被人们直观地觉察到，就会忽略，自然就会无意识地持续发生，那个力量是惯性使然，无形之中就产生了的。但一旦觉察，一旦意识到它的重要性和威力的话，就会随时把自己调频到能够与孩子共情共振的状态里，这对孩子的成长，尤其是良好身心的塑造极其重要。

前者，久而久之，孩子会生发出蓬勃的生命力，展现出对生命的极度渴望，生发出的那份生命力量自然会指引他促使他去完成更多的创造创新，并且他会勇于去迎接生命当中的各样挑战，并在那里收获到极大的乐趣和满足。他会稳稳地待在自己的中心，做自己，就像双脚扎根大地那般坚定，坚毅，结实有力。对，就是这样的一种感觉。

而后者，久而久之会发展出一个讨好型的人格或者是自我否定型的人格，更大可能会呈现胆怯、退缩、回避、懦弱、担心、焦虑的一面。不管是发展出了讨好型的人格，还是自我否定型的人格，他都会错失很多生命内在的原动力，一种生命本能的爆发力和创造力，他会持续地待在这样的一种状态里，封闭自己，否定自己，就会错失生命的热忱与势能，无法绽放他内在的生命力和光芒，活在极度的无力感中。

前者是对自我的接纳、认可，是对自我的感觉良好，是建立在这样的基础上的，所以他做什么就会特别笃定，特别有力量，他的无限创造源泉也源于此。而后者，他接收到的，他解读到的就是，哦，我还不够好，我还不够优秀，会发展出对自己的一种深深的评判和不接纳，这个会促使他日后做事时压抑真正的自己，而选择披着一层要证明自己是足够好的外衣，他做所有事都会带着它们，永无止境。自然，无法活出自己，绽放自己，就会委屈自己为别人而活，为外在的人、事、物而活，久而久之走上丢失自己，迷失自己的道路。真相是他丧失了自己的内在生命力所致。

一个很好的例子，《窗边的小豆豆》的作者黑柳彻子，在小学一年级时被老师判定为极度淘气多动破坏型的孩子，疑似多动症，影响极坏，被学校退学了。她的妈妈是这样处理的：

我也终于相信"退学"这件事情的确是真的，在此，我想对我的母亲表达我发自内心的感谢。因为，直到我二十岁之后，母亲才告诉我曾经被退学这件事，满了二十岁以后，有一天，母亲问我："那时，我们为什么要换一个学校，你知道吗？"

"嗯？"

我不明所以，妈妈轻描淡写地说："其实是被迫退学了。"

如果，当我还是一年级的小学生时，妈妈就对我说："怎么搞的？你竟然弄到被迫退学！我们只好再找一个学校了，如果再退一次学，就没有学校要你了！"

那样，当我第一天走进巴学园时，会是多么沮丧和惴惴不安啊。如果我没有进入巴学园，没有见到小林先生，恐怕此生无论我做什么，都会被贴上"坏孩子"的标签，被自卑的心理包围，不知道该怎样做才好，可能就会怀着这种无所适从的心理，直到长大吧。能拥有这样一位母亲，我实在很幸运。而就在新的学校——巴学园，先生不停地对我说："你真是一个好孩子。"一直到现在，这句话是怎样激励着我，支持着我的啊！它对我的人生鼓舞无法估量。

## 如何走进孩子的世界

最轻而易举的方法就是，你放下手中的事情，专注地全身心地与他在一起，陪他玩，这是最轻松的。很快你就会进入孩子的世界，感受到孩子那无尽的欢乐和喜悦，仿佛回到了你的小时候，你明明陪伴的是眼前的这个孩子，可是你仿佛陪的是你内心深处的那个小孩，那个小孩他不是别人，他是你自己。不由自主地，你脸上浮现了非常轻松、非常愉悦、非常舒展的笑容，这是多么难得、多么珍贵的生命时光。

这里面，只有爱与欢笑，开心与喜悦，他给了你无尽的滋养，你深深地爱着生命，爱着你自己。

如果你能看见你内在的小孩，感受到他的完美、纯真与完整，你就能清晰地感受到无言的美好，这份美好里蕴藏着无形的内在力量，这份力量极其强大，它会令你活出生命的兴奋与鲜活，热情与极致。

# 棒棒糖

千寻宝宝是在爱与自由的环境下养大的孩子，在诸如棒棒糖这样的体验当中，他真的是没有丝毫的抓取和执着，这与有有姐姐小时候形成了巨大的反差。《嘘！你是无限的》一书关于《安抚奶嘴会成瘾吗》篇中，详细地描写了有有姐姐小时候热衷于吃棒棒糖，对棒棒糖好奇迷恋，而大人有诸多对糖以及她吃糖行为的对抗与担忧，指责和抱怨，结果就形成了持续长久的对抗，以致加剧了有有姐姐对糖的执着和好奇。因为，她越想吃你越不让她吃，无形之中，她就越抓取、越渴望得到那个东西。

后来随着我们的成长与主动释放对糖以及对她吃糖行为的对抗、恐惧、担忧、指责、评判，允许她有吃糖的行为，主动给她买糖吃后，有有姐姐渐渐就放下了对吃糖的抓取和执着。

对于千寻宝宝来说，我已经不记得大概从什么时候开始允许他吃棒棒糖，主动给他吃棒棒糖的。可能是十个月以后，或者再晚一些的时候，只是出于对他的喜欢、对他的爱，在超市里会随手拿一根棒棒糖给他。第一次吃的时候，他很喜欢，觉得，哇，这个从来没有尝试过，不知道是什么，他就觉得像一个玩具一样，甜甜的还能吃，就吃得很兴奋很喜悦，第一颗糖他是否吃完了我已经记不清了。总之，他对这件事情的体验是非常喜悦、非常满足的，因为我在这件事情上没有丝毫的阻止、对抗、评判、指责、否认、担忧，所以我是允许他的，就会主动地给他。这与有有姐姐吃糖的经历截然相反，在千寻宝宝体验吃糖这件事情上，我没有传递任何关于糖的负面和担忧，对抗和指责，比如说，吃糖不好呀，会吃坏牙齿，你不能吃呀，你要少吃等等，我是主动给他吃，经过这样的几次尝试以后，我和先生都非常明显地发现在吃糖这件事情上他没有丝毫的抓取和执着，着实令我们惊讶。很多时候，把糖给他，他刚拿到手的那一刻非常高兴，在嘴里吃一会儿，就主动地丢掉了，丢掉之后有些时候就不再要了，有些时候会捡起来洗干净继续吃，或者拿在手里把玩，他把糖变成了他的一个玩具、一个玩伴，跟糖友好地相处。所以，他并没有执着、迷恋、成瘾这个行为，没有。

因此，这再次给了我一个强大的确认，就是，孩子知道什么是他喜欢的，什么是他不喜欢的，什么是他想要的，什么是他不想要的。对他来说，糖的甜蜜，他品尝到了、感知到了、享受到了，可是身体并不享受持续长久地品尝浓烈的甜腻，所以，他自然就会主动选择放下这个体验，因此，没有对吃糖产生过度的执着和迷恋。

## 人生是一场梦幻般的游戏

当你是孩子时，你只聚焦全新的一天，全新的当下，所以，你很开心很有乐趣，激情满满，兴奋好奇地欢庆每一天。

这是游戏的初级状态，这个状态久了，你厌倦了，觉得一切太简单了，这样的生活有点无聊了，你不想把生命一直过成初级状态，于是你选择了难一些、复杂一些的游戏程序，也就是你进入了学校，开始学生生涯。这个时候，你怀着兴奋与美好的心情跨进校门，与很多素不相识的同学老师生活在一起，你允许他们进入你的生活来陪伴你成长，渐渐地，你把原本你拥有的属于你的内在力量交给了他们，开始相信并追随他们告诉你的，尽管很多都违背了你自己的本心和你内心告诉你的答案，但你依然选择跟随他们的教导和方向。于是，你逐渐地远离你自己的本心，开始变得烦恼不快乐。

直到走向社会，工作、结婚、生子，有了自己的家庭，这些都在随时增加着你游戏版本的难度和复杂度，你早已经习惯听从外界人们的声音，并且这个外界的范围变得越来越大，有领导、权威、媒体、新闻、网络、父母、兄弟姐妹，七大姑八大姨等，无不给你这样那样的人生建议和劝告，或者他们的经验经历，叫你别那样做或者让你应该这样做。他们传递给你的导向就是，你不用去体验了，听我的没错，我吃的盐比你吃的饭还多。

而每时每刻你自己的内心永远都有自己的声音，这个声音是那么的独特，独一无二，清晰可辨，可是从小到大没人让你听从自己内心的声音，于是，你迷茫了，纠结了，总在内在的声音与外界强加给你的声音向你发出不同指令时左右为难，难以选择。最终，你选择放弃自己内心的声音去跟随服从外界的权威，做一个他们眼中的乖孩子，好人。久而久之，你彻底丢失了内心声音给你的指引，活成了面具人、不开心不快乐的人、为别人而活的人，蹉跎着岁月，没有方向。殊不知，人类痛苦的根源来自身与心的分裂，即心与脑的割裂，即身心分离，是这个分离感一直在撕扯着你，吞噬着你。

你要忆起你儿时的本领和本真，更确切地说，并非是你的本领和本真，而是宏大的生命进入你的身体本就拥有本自具足的神圣力量，你永远处在自己的中心，外界的所有人、事、物进入你的人生，只是陪伴者，来陪伴你生命长河中的一段时间，无论是你的工作、事业、伴侣、孩子、父母、兄弟姐妹、朋友，请记住，他们都只是化身为你生命的陪伴者，陪伴你体验不同阶段的生命角色，度过你整个生命长河的一段时间。而整个生命仍然是你的，你是你世界的中心，你的人生你说了算，你不允许别人来干涉你的人生，就没有人能在你的人生里指手画脚。

同时，你永远都没有丢失你儿时拥有的，活在全新的当下，开心快乐地去体验生命的本领和本真，只是你选择暂时遗忘了，为的是真实地深入游戏，在过程当中去体验。

今天是你忆起你的本真拿回自己力量的完美时机，只需要简单地觉察自己，做什么能让你开心快乐。不是让明天的你开心快乐，不是让明年的你开心快乐，不是让十年后的你开心快乐，不是让你的伴侣开心快乐，不是让你的父母开心快乐，不是让你的孩子开心快乐，是让你，让你自己开心快乐，就去做那个。

总是保持这样的觉察，问自己，今天的我做什么能让自己开心快乐，让自己的生命鲜活兴奋，让自己成为一个闪耀着喜悦与乐趣的光芒的人，这个是对生命极大的滋养和回馈。同时，你会发现，你散发的喜悦光芒扩散到了你的家庭、你的工作、你周围的人那里，影响照耀他们也变得喜悦有乐趣。

儿时的你就是这样做的，百分之百聚焦在自己的内心，总是知道自己想要什么，做什么能让自己开心，什么让自己不开心，所以，总是拥有主动权，拥有主宰自己开心快乐的权力，或者说为自己选择开心喜悦的生活模式，在游戏与喜乐中度过全新而精彩的每一天。

现在，他依然是你，你的内心依然有那个本质和喜乐的属性，只是你变成了大一点的孩子，在继续游戏人生，在复杂多样的剧情里，你首要的就是让自己处在开心、喜悦、好感觉中去创造你的生活。因为，你只能创造你自己的生活，你只能掌控你自己的生活，对于你之外的任何人的生活，你没法掌控；他人对你的生活同样也没法掌控，除非你主动选择让他们来掌控，否则，你总是你世界里最有力量的人，是绝对的掌权者。

所有人，无论生在哪个国家，哪个城市，有怎样的出生，怎样的样貌，怎样的肤色，生命的终点都是一样的，离开这个物理身体。这一切的体验与现实中玩网络游戏是一模一样的，在选择玩某款游戏之前，目的和初衷都是为了让自己在游戏中开心、快乐、感觉好，所以才要玩游戏呀，不然为何要玩呢。但是，玩着玩着就变味了，很容易深陷游戏剧情无法自拔，而在游戏中产生愤怒对抗或厮打，变得焦躁、有情绪、抱怨、不开心，完全遗忘了是你选择进入游戏给自己带来开心快乐的。人生亦是如此，时常跳出自我，俯瞰自己的人生，你就会明白每个人的终点早都被上天设置好了，就是离开此生这个物理的身体，人生是一场梦幻般的游戏，如此，为何不让自己时刻保持开心、快乐、感觉好的状态去进入剧情体验游戏呢？

每一天外界有那么多的人、事、物进入你的生活，你牢牢地待在自己的中心，感受着他们的到来，他们只是为了陪伴你度过此刻的生命和此刻的角色体验，你喜欢的就去体验；你不喜欢的，觉察到那是你不喜欢的，你就要放下，转身，你可以放下，转身去到你喜欢的那里。而不是苦苦挣扎、对抗、争论、纠缠，一旦你守在自己世界的中心，你就像跳出了人生剧本，在俯瞰着你生命的演出，你开始变得心生感恩，感恩这么多的人、事、物来到你的生命里，就是为了陪你共度属于你的这段生命时光。你自然会卸下防备和武装，开心享受生命这场梦幻而精彩的游戏。

你愿意化身成一个顽童，小时候你是一个小顽童，大一点的时候是一个大顽童，年龄再大一点的时候你是一个老顽童。你唯一要做的就是让自己把多数人赋予"顽童"的标签拿掉，这绝对是一件值得你去做的事情。我们要学会算一笔账，算一笔顽童的账，来看它有多少的好处。

第一，你让自己的生命充满了开心、快乐、喜悦的色彩。第二，多家权威科学研究机构已经证实，开心快乐和喜悦会让人的免疫系统无比强大，无比强悍。因此你的身体特别健康，细胞充满着无限的活力与激情。第三，你的开心喜悦蔓延到你的家庭，家里的人喜欢你的开心喜悦，你们的关系自然幸福顺滑，而当关系幸福顺滑的时候，生命各方面的阻力一定是最小的。第四，你的开心喜悦蔓延到工作场所，感染到身边更多的人朝向生命的闪光与美好。第五，你总是那么充满活力充满喜悦，你的身体无比健康，你拥有完美无瑕的健康，这一生你无须和病痛打交道，也无须耗费昂贵的医疗成本。第六，随着你的年龄增长，奇迹的是，开心快乐让你越活越年轻，越活越绽放。

## 每个孩子都自带天才属性

因为在他的世界里他没有限制，他没有成年人如此之多的信念系统和思维。而事实上我们成年人不能成为自己活成自己就是因为有太多太多太多的限制，这个不行，那个不能，我不够好，我不值得，我不配，我不聪明，我不好看，我学历低，等等。这所有的限制就是你与你想要的之间的一重又一重的障碍。在婴儿宝宝那里他没有限制，所以任何事物他都想去尝试，他就会去尝试，他和他想尝试的事物之间零障碍。

他可能会把一袋米倒在地上了，刚买回来的菜全撒到地上了，一袋苹果丢到地上了，并且第一时间，他对他的这个行为很兴奋，在他的世界里这是很正常的事情，他并没有好坏对错的二元对立和评判。所以这个时候，我绝对不会去指责他，评判他，抱怨他，吼他，因为，你蹲下来，你会看到他欣喜地看着你的眼睛，你蹲下来伸出手的那一刻平和地看着他的眼睛跟他说："捡起来，给妈妈。"他就会开心地捡起来给你，你再装起来，然后你说再捡一个，他又会开心喜悦带着兴奋地再捡一个给你。所以，如果你给他的是恐吓、评判、否认、吼叫的话，他第一时间会被吓住的，会感到惊恐，他不知所措，你传递给他的完全就是忽视他，否定他，你传递的就是这样的负面能量。而事实上天下父母都想让自己的孩子成龙成凤，将来有出息、有创造力、有创新能力，而他的创造力、

·279·

创新能力正源于这林林总总的体验，他在不同阶段、不同事物的体验当中获得了灵感创作的源泉。所以，在他小时候你剥夺了他去经历这些宝贵体验的权利，将来在新事物的体验上他就会带着一种恐惧和退缩，会不自觉地自我封闭，他不会主动尝试跨出那一步，这样在工作上事业上他就容易变成一个百分之百的服从者，他没有足够的力量让自己走上创新创造引领的岗位，也没有办法活出真正的他自己。

迪士尼公司之所以经久不衰，传承百年，是因为它拥有强悍的创作团队，在灵感创作之初绝对百分百地鼓励并绝对百分百地允许每一个人大胆地创作奇思妙想五花八门的点子。这些点子就是成就日后一部又一部经典影片的孕育居所。

苹果创始人乔布斯先生生前在一所高校的毕业演讲中，面对成千上万的莘莘学子发自肺腑地道出："活在别人的思考之中，这一点都不重要，更不要被其他人喧嚣的观点淹没你内心的声音。最重要的是，你要有勇气去听从你的直觉和内心的呼唤，在某种程度上，它们才是知道你真正要成为什么样的人，这可能就是成为天才的最核心点。"

所以，你丢出去的那一个否认指责的眼神和话语，你要觉察，你传递的是什么，你传递出去的完全是一种嫌弃他、否定他的能量。你在表达，这孩子太坏了，太糟糕了，不喜欢你。再一次，孩子的能量无比清晰，他感知力超级敏锐，他完全能感知得到呀，哪怕你不说话，你丢给他一个嫌弃的眼神，他也完全能领会，他会在那一刻特别委屈甚至惊恐，因为他没有好坏对错的这种观念，他就会很惊恐，特别惊恐，无所适从，这个就是他一步一步走向自我限制，封闭自己的源头。

所以，允许他去尝试，接纳允许他去尝试，你的孩子将来一定是一个不可思议的发明家、天才，他会有源源不断的创新创意涌现，并且他会活得非常开心、非常喜悦，他会全然地享受他的人生。

以上是我与千寻宝宝相处过程中常见的真实案例与感受，本书《创造还是破坏》的短篇中，以及《嘘！你是无限的》中《最好的早教》也有详细介绍。

以下引用李雪老师《当我遇见一个人》中的内容，供读者朋友们领会其中的奥妙：

如果我们去观察那些得到爱和自由的孩子，他们天然地会去体验各种事物。比如看到一幅卷轴画，孩子会抚摸，闻一闻，卷起来，再放下，再卷起来，再放下……反复尝试感官神经系统发育所需要汲取的体验，孩子就是这样自我发展、自我教育的。这个过程有生命自带的神圣内在规律，不需要任何早教机构去教。我们能给予孩子最好的教育，就是尊重他神圣内在规律的自我教育的过程，不打扰。若孩子希望和你交流，共同玩耍，请尽情回应孩子，与他的感受共振，如同协奏曲一般彼此呼应，幸福感十足。若孩子专注于自己的世界，请给予他自由、不被打扰的空间。比如孩子正在观看一幅画，专注而宁静，他与这幅画建立了深深的连接，感受到它的精神生命，如果这时候父母自作聪明地横插一刀，告诉孩子这幅画的名字，作者是谁，想表达什么主题思想等，那么孩子的感受就会被割断，这种事情经常发生。假如孩子的头脑中累积了大量的知识，看到各种事物时就会第一时间去搜索知识，从而失去自己的感受力，让灵性的头脑变成流水线上的电脑。

这样的孩子走进社会，可想而知，只能去做别人分配给他的工作，而无法成为一个创造性的个体，主动创造自己想要的体验。世界上的优秀产品，比如苹果手机，它的功能设计不是从用户调查问卷中得来的，而是来自最直接、最简单之处，乔布斯自己想要的体验。

特别爱早教的父母，不停地跟孩子说话，要孩子辨别颜色，形状，教给孩子各种事物的名称，反复要求孩子懂礼貌，说"你好""再见""阿姨好"。知识早晚都能学会，但孩子内在神圣的成长节律却被打乱阻断了。

如果父母不自以为是地教育孩子，不强迫孩子做到父母想象的样子，孩子会遵从内在精神胚胎的指引，也就是生命那神圣的内在成长节律发展自己，成就会远远超乎父母的想象所及。培养一个天才其实很容易，只要父母在孩子的精神世界面前保持谦卑，不拿自己有限的头脑去教育孩子即可。